PEQUENO MANUAL DE PROCEDIMENTOS

César Aira

Pequeno manual de procedimentos

1ª edição

Pesquisa de originais e tradução
Eduard Marquardt

Curitiba
2007

Pequeno manual de procedimentos
Copyright (c) **César Aira**
published by arrangement with Michael Gaeb Literary Agency/Berlin

Editor
Thiago Marés Tizzot

Capa
Dayana Marquardt

Organização
Eduard Marquardt e Marco Maschio Chaga

A298p Aira, César

    Pequeno manual de procedimentos / César Aira ; pesquisa dos originais e tradução de Eduard Marquardt ; organização de Marco Maschio Chaga. – Curitiba : Arte & Letra, 2007.
    188 p.

    ISBN .978-85-60499-01-4

    1. Literatura argentina. I. Marquadt, Eduard. II. Chaga, Marco Maschio. III.Título.

CDD 863.44

Todos os direitos reservados a Arte & Letra Editora. Proibida a reprodução, no todo ou em parte, através de quaisquer meios.

Direitos exclusivos de publicação em língua portuguesa somente para o Brasil adquiridos pela Arte & Letra Editora.

Arte & Letra Editora
Rua Sete de Setembro, 4214/1202 - Centro
Curitiba - PR - Brasil - CEP 80250-210
www.arteeletra.com.br - fone: (41) 3223-5302

ÍNDICE

O a-ban-do-no..7
A nova escritura..11
A poesia do suporte..19
O que fazer com a literatura?.....................................21
A prosopopéia...25
O carrinho...33
A tradução...37
O incompreensível..39
Estética do monstruoso..45
A utilidade da arte..49
O ensaio e seu tema...55
A cidade e o campo..63
Exotismo..73
Best-Seller e literatura..81
Nossas improbabilidades..87
Cecil Taylor..91
O ingênuo..105
A cifra..117
A intimidade..127
Kafka, Duchamp..135
A boneca viajante...143
A hora azul..147
Braulio Arenas: por uma literatura modular............149
Os quadros de Prior..153
Um teste..155
Um barroco do nosso tempo.....................................157
Duas notas sobre *Moby Dick*....................................161
A onda que lê..165
Por que escrevi...169
Pósfácio, A ética do abandono..................................177
Origem dos textos...185

O A-BAN-DO-NO

No princípio está a renúncia. Dela nasce tudo o que podemos amar em nosso ofício; sem ela nos veremos reduzidos ao velho, ao superado, às misérias do tempo, à cegueira do hábito, às promessas melancólicas da decadência. Trata-se da condição do início: terminar de uma vez, deixar tudo para trás, de uma vez por todas. A renúncia é nossa utopia, a de todos os artistas, mesmo os mais persistentes. Balzac fez seu o lema da inscrição em pedra nos muros da Grande Cartuxa: *Tace, late, fuge* (cala, abandona, foge).

Uma generalização bem óbvia é a de que todos os escritores, quando jovens, desejamos ser escritores. Não menos óbvio é termos sido todos jovens: fomos o tempo todo em que desejamos ser escritores, em tudo aquilo que nos levou a aprender que, para ser escritor, teríamos de encontrar um modo de renunciar a sê-lo. E não a apenas isso, mas a ser «escritor bom» ou «escritor ruim», a ser poeta, romancista, crítico, filósofo, e renunciar a mais, muito mais, se possível a tudo. Claro que descobrir o que era esse «mais» e esse «tudo» já não se mostrou tão simples. Investigar é entrar no território da invenção, do estilo, do destino. O que mais devemos abandonar? Que outra coisa devemos calar? De que novos giros de tempo ainda devemos fugir? Chega de perguntar e já estaremos no coração do romanesco, nas ilhas, montanhas, selvas, castelos, trens, barcos, rumo ao acaso. É quase como se voltássemos a ser jovens, e qualquer um sabe, por experiência própria, que todos os jovens quiseram ser escritores.

Por sorte já não somos tão ingênuos, e se aprendemos algo, é que o abandono e a liberação não sobrevirão por um mero cessar. O antigo resiste a morrer: fulmina-o o raio do inesperado, burlando suas mais sutis precauções, uma legião. Tudo deve ser inventado, inclusive a renúncia a seguir inventando. Sobretudo a renúncia. A literatura inteira, o sistema das artes em sua fantástica variedade se revela nessa tarefa, se põe de pé (até agora víamos isso ao contrário, num reflexo desluzido).

Abandonar é permitir que o mesmo se torne outro, que o novo comece. E assim nunca abandonaremos o bastante, tão grande é nossa sede de desconhecido. (Por isso nos fizemos escritores.) Buscamos algo mais para abandonar, outra coisa, outra além, nos esforçamos como nunca nos esforçamos em nenhum dos trabalhos que empreendemos, mobilizamos toda nossa invenção, até mesmo a alheia, em busca de novas renúncias. E já não se trata de abandonar técnicas, gêneros, uma profissão, nossas velhas mesquinharias... O que aparece, afinal, como objeto digno de nosso abandono é a vida em que vínhamos acreditando até agora. «Já vi, já tive, já vivi.» Aí descobrimos que a literatura ainda nos serve, a literatura posta do direito, instrumento perfeito para negar a si própria, levando consigo tudo, em seu reflexo aniquilador.

É a euforia, enfim, o entusiasmo, a vocação, o êxtase prometido... Mas é uma euforia da melancolia. Porque nossa vida passou... Teve de passar para que aprendêssemos. Parece como se fosse muito tarde, como se não houvesse outro momento além deste, póstumo, para começar. Então, «do fundo do naufrágio», voltamos em busca de consolo nos poetas que amamos em nossa juventude, quando queríamos ser escritores. Primeiro Baudelaire. Depois todos os outros. E depois Rimbaud. Nele nos detemos, perplexos, no presente. Chegamos. Podemos começar. Podemos terminar. De Rimbaud, o poeta mais amado, sempre se diz ser mais que um poeta amado. Deve ser isso, porque não começamos sequer com ele. Não começamos, aliás, sequer com nós mesmos. Nos escapa como um mau projeto. Foge para frente, e não vale a pena persegui-lo. É o mito de nossas vidas, nossa juventude em pessoa. Certa vez perguntei a um poeta, o que mais amei, por que não havia terminado o secundário. Por que não havia seguido o caminho. Me respondeu, com toda naturalidade, como se fosse óbvio: «Pra que, se o que eu queria era ser Rimbaud». É óbvio, realmente, todos poderíamos responder o mesmo. Mas ultimamente começo a me perguntar se essa frase não estará além das precisões biográficas, repetindo para sempre o mito que pretendemos encarar. Para que viver, com efeito, por que querermos ser escritores, se o que desejamos é ser Rimbaud? Deveríamos deixar de nos mentir. Talvez saiamos ganhando ao perder tudo. O tempo, em sua transparência inofensiva, contém a promessa do instante, e a alquimia se realiza no caderno de um menino. E digo «se realiza» em sentido literal. Se faz realidade, tal como se faz real a realidade: no presente, em nós, definitivamente. Nossos mais loucos e irrealizáveis desejos estão se fazendo realidade em nossas vidas, ou seja, em Rimbaud. Não é história, nem filologia, nem crítica literária; é um procedimento para fazer do mundo, mundo. Por isso, este curso, que originalmente se chamaria «Como ser escritor», irá se chamar, ao fim das contas, «Como ser Rimbaud».

A NOVA ESCRITURA

A meu ver, as vanguardas apareceram quando se deu por encerrada a profissionalização dos artistas, sendo necessário começar de novo. Quando a arte já estava inventada, restando apenas continuar fazendo obras, o mito da vanguarda veio repor a possibilidade de se fazer o caminho a partir da origem. Se o processo real havia levado dois ou três mil anos, o proposto pela vanguarda não pôde funcionar senão como um simulacro ou pantomima, daí o ar lúdico, ou em todo caso «pouco sério» atribuído às vanguardas, em sua instabilidade carnavalesca. Mas a História abomina as situações estáveis e a vanguarda foi a resposta de uma prática social, a arte, para recriar uma dinâmica evolutiva.

Com efeito, e limitando-nos ao campo do romance, uma vez que o romance «profissional» já existe numa perfeição insuperável dentro de suas premissas, isto é, o romance de Balzac, Dickens, Tolstói, Manzoni, a situação corre o risco de congelar. Alguém poderia resumir que, se o perigo é de os romancistas continuarem a escrever como Balzac, estamos dispostos a corrê-lo e com gosto. Mas seria otimista demais falar de um mero «perigo», a situação de fato congelou e milhares de romancistas continuaram escrevendo o romance balzaquiano durante o século XX: é a torrente inacabável de romances passadistas, de entretenimento ou ideológicos, a *commercial fiction*. Para dar um só passo além, como fez Proust, é preciso um esforço descomunal e o sacrifício de toda uma vida. Atua a lei dos rendimentos decrescentes, pela qual o inovador cobre quase todo o campo no gesto inicial, deixando a seus sucessores um espaço cada vez mais reduzido, onde é difícil avançar.

Uma vez constituído o romancista profissional, as alternativas são duas, igualmente melancólicas: seguir escrevendo os velhos romances em cenários atualizados, ou tentar, heroicamente, um ou dois passos adiante. Em pouco tempo essa última possibilidade se mostra um beco sem saída: enquanto Balzac escreveu cinqüenta romances, sobrando tempo para viver, Flaubert escreveu cinco, sangrando; Joyce, dois; Proust, um só. E foi um trabalho que invadiu a vida, absorveu-a, num hiperprofissionalismo inumano. Ser profissional da literatura foi um estado momentâneo e precário, que só pôde funcionar em determinado momento histórico — diria, aliás, que só pôde funcionar como promessa, no processo de sua constituição; quando cristalizou, já era hora de procurar outra coisa.

Por sorte, há uma terceira alternativa: a vanguarda, que, a meu ver, é uma tentativa de recuperar o gesto entusiasmado num nível mais alto de síntese histórica. Ou seja, fincar o pé num campo já autônomo e validado socialmente, nele inventando novas práticas que devolvam à arte a facilidade de fatura tida em suas origens.

A profissionalização implica uma especialização. Por isso as vanguardas retomam, eventualmente e em distintas modulações, a frase de Lautréamont: «A poesia deve ser feita por todos, não por apenas um». Parece-me equivocado interpretar essa frase num sentido puramente quantitativo e democrático, o das boas intenções utópicas. Talvez seja o contrário: quando a poesia for algo que todos possam fazer, então o poeta poderá ser um homem qualquer, livrando-se de toda essa miséria psicológica a que vimos chamando talento, estilo, missão, trabalho e outras torturas mais. Já não precisará ser um maldito, nem sofrer, escravizar-se por um trabalho que a sociedade aprecia cada vez menos.

A profissionalização pôs em risco a historicidade da arte; encerrou o histórico ao conteúdo, deixando a forma petrificada. Equivale dizer que se rompeu a dialética forma-conteúdo, que origina o artístico da arte.

Mais que isso, a profissionalização restringiu a prática da arte a um minúsculo setor social de especialistas, perdendo a riqueza de experiências de todo o restante da sociedade. Os artistas viram-se obrigados a «dar voz àqueles que não têm voz», como haviam feito os fabulistas, que punham a falar burros, papagaios, cães, moscas, cadeiras, reis, nuvens. A prosopopéia invadiu a arte do século XX.

A ferramenta das vanguardas, sempre conforme essa minha visão pessoal, é o procedimento. Para uma visão negativa, o procedimento é um simulacro enganador do processo pelo qual uma cultura estabelece o *modus operandi* do artista; já para os vanguardistas, trata-se da única possibilidade para reconstruir a radicalidade constitutiva da arte. Na verdade, o juízo não importa. A vanguarda, por sua própria natureza, incorpora o escárnio, tornando-o um dado a mais de trabalho.

Neste sentido, entendidas como articuladoras de procedimentos, as vanguardas permanecem vigentes, carregando o século de mapas do tesouro que aguardam serem explorados. Construtivismo, escritura automática, *ready-made*, dodecafonismo, *cut-up*, acaso, indeterminação. Os grandes artistas do século XX não são os que fizeram obra, mas aqueles que inventaram procedimentos para que a obra se fizesse sozinha, ou não se fizesse. Para que precisamos de obras? Quem quer outro romance, outro quadro, outra sinfonia? Como se já não existissem o bastante!

Uma obra sempre terá o valor de um exemplo e um exemplo vale por outro, variando apenas em seu poder persuasivo — mas, de qualquer modo, já estamos convencidos.

A questão é decidir se uma obra de arte é o caso particular de algo genérico, que viria a ser essa arte, esse gênero. Se dissermos «Li muitos romances. O *Quixote*, por exemplo», talvez não estejamos fazendo justiça. Retiramos essa obra da História para colocá-la na estante de um museu, de um supermercado. O *Quixote* não é um romance entre outros, mas o fenômeno único e irrepetível — ou seja, histórico — do qual deriva a definição da palavra «romance». Na arte, os exemplos não são exemplos; são invenções particularíssimas as quais generalidade alguma gerencia.

Quando uma civilização envelhece, a alternativa é permanecer fazendo obras ou reinventar a arte. Mas a medida do envelhecimento de uma civilização é dada pela quantidade de invenções já feitas e exploradas. Então essa segunda alternativa vai se tornando mais e mais difícil, mais trabalhosa e menos gratificante. A não ser que se torne o atalho, o que sempre parecerá um tanto bárbaro ou irresponsável, para se recorrer ao procedimento. E isso é o que as vanguardas fizeram.

Se a arte tornou-se uma mera produção de obras a cargo daqueles que sabiam e podiam produzi-las, as vanguardas intervieram para reativar o processo a partir de suas raízes, sendo que o modo de fazer isso foi repor o processo ali onde se havia entronizado o resultado. Essa intenção, em si mesma, arrasta os outros pontos: que possa ser feita por todos, que se desvincule das restrições psicológicas e, para dizer tudo de uma vez, que a «obra» seja o procedimento para se fazer obras, sem a obra. Ou com a obra, mas só como um apêndice documental que sirva apenas para deduzir o processo do qual saiu.

Quero ilustrar isso com um artista favorito, um músico norte-americano, John Cage, cuja obra é uma mina inesgotável de procedimentos. E não deixo de falar de literatura por Cage ser um músico. Ao contrário. Que «a poesia seja feita por todos, não por um» significa também que esse «um», ao se pôr em ação, fará todas as artes, não só uma. O procedimento estabelece uma comunicação entre elas; diria, aliás, ser esta a marca de um sistema edênico, no qual todas formam uma só, o artista sendo o homem sem qualidades profissionais especializadas. Ao mesmo tempo, falar de John Cage a essa altura não é trazer um exemplo. Não é de um exemplo, mas da coisa em si que estou falando.

Sua história é conhecida: um jovem que queria ser artista, que não tinha condições para ser músico, e que, portanto, chegou a ser músico... Há um defeito na causalidade, pelo qual se infiltra o vanguardista. Antigamente, a vida dos artistas era o oposto, tendo por cânone a de Mozart: a predisposição era tão importante, a causa tão determinante, que o relato deveria sempre retroceder mais na biografia, até a primeira infância, o berço, antes ainda, até os pais e avós para ter um início. Em Cage, a causa flutua incerta e segue avançando nos fatos até a velhice. Seria justo colocá-la em seus últimos anos de vida, nas famosas peças intituladas com números, compostas entre 1987 e 1992, ano de sua morte. O benefício dessa postergação da causa é a necessidade de inventá-la a cada vez: Cage nunca teve um motivo prévio e definitivo para ser músico; se tivesse, teria se limitado a fabricar obras. Tal como foram as coisas, teve de fazer algo diferente. Pode-se esclarecer essa diferença através do exame sucinto de uma de suas invenções, *Music of Changes*, de 1951.

Music of Changes é uma peça para piano solo; no método de elaboração, Cage utilizou os hexagramas do *I Ching*, ou *Livro das mutações*. Foi criada mediante o acaso. Não se pode dizer que foi composta, porque este verbo aponta uma disposição deliberada de seus distintos elementos. Aqui, a composição foi objeto de uma metódica anulação.

Cage utilizou três tabelas quadriculadas, de oito casas cada lado, ou seja, sessenta e quatro por tabela, que é a quantidade de hexagramas do *I Ching*. A primeira tabela continha os sons; cada casa possuía um «evento sonoro», com uma ou várias notas; na verdade, apenas as casas ímpares o tinham, as pares estavam vazias e indicavam silêncios. A segunda tabela, também com sessenta e quatro casas, servia para as durações, não dispostas dentro de um marco métrico. Aqui, as sessenta e quatro casas estão ocupadas, pois a duração serve tanto para o som como para o silêncio. A terceira tabela, na qual se utiliza apenas uma a cada quatro casas, é para a dinâmica, que vai de pianíssimo a fortíssimo, utilizados separadamente ou em combinação, isto é, de uma notação a outra.

Lançando seis vezes duas moedas determinava-se um hexagrama o *I Ching*. O número desse hexagrama remetia a uma das casas na tabela de sons. Outros seis lançamentos, outro hexagrama; determinava-se aí a duração a ser aplicada ao som antes sorteado. A terceira série de lançamentos determinava a dinâmica. (Havia ainda uma quarta tabela, de densidades: também pelo acaso se determinava quantas camadas de som teria cada momento; essas camadas podiam oscilar de um a oito.) A extensão de suas quatro partes, a estrutura destas e a duração total também saíam do acaso.

O trabalho metódico e puramente automático de se deliberar uma nota após outra faz a peça do princípio ao fim. A que soa essa peça? Das premissas de construção se conclui que soará a qualquer coisa. Não haverá nem melodias, ritmos, progressão, tonalidade, nem nada. Salvo aquelas que saírem ao acaso. Isto é, se o acaso assim desejar, haverá tudo isso.

É curioso, mas seria possível afirmar que, dado o procedimento, a peça deveria soar completamente atemporal, impessoal e sem-lugar, mas soa intensamente a 1951, à obra de um discípulo norte-americano de Schöenberg, sendo muito característica de John Cage. Mas de que jeito? A única coisa que fez Cage, em 1951, foi decidir o procedimento; nem bem começou a escritura, suspendeu-se a data e a personalidade, bem como a civilização que as envolvia. Se a data, a personalidade e a civilização seguem presentes no produto final, significa que estamos equivocados ao assinalar sua presença em processos psicológicos no ato da composição.

Suponhamos que os *Noturnos* de Chopin tivessem sido escritos sob o mesmo procedimento. Não necessariamente com o *I Ching*, mas sim com tabelas de elementos, uma seleção deles conforme o acaso. Não é tão tresloucado, pois essas tabelas sempre existiram, ainda que em estado virtual, e a atualização de seus elementos sempre se fez mais ou menos ao acaso, salvo que esse acaso poderia se chamar inspiração, capricho ou inclusive necessidade. Para manter a tonalidade ou a métrica, já não seria preciso preparar tabelas *ad hoc*. Logicamente, o romantismo não podia renunciar às prerrogativas do eu sem corromper sua fábula. O construtivismo a que se opunha tendia à impessoalidade e não estranha ter experimentado com o acaso. Na época imediatamente posterior a Bach, compôs-se ocasionalmente através do acaso, com dados; fizeram isso Mozart, Haydn, Carl Philip Emmanuel Bach, dentre outros. O ingresso da personalidade do artista, de sua sensibilidade, bem como das complicações políticas do eu, inicia com o romantismo, demorando um século para se esgotar. O grande mecânico Schöenberg dá uma volta de parafuso na profissionalização do músico, preparando a entrada de um novo tipo de artista: o músico que não é músico, o pintor que não é pintor, o escritor que não é escritor. Já em 1913,

Marcel Duchamp fizera um experimento no mesmo sentido, determinar as notas ao acaso, mas sem executá-lo; considerava a execução «bastante inútil». Com efeito, para que realizar a obra, se já se sabe como fazê-la? A obra serviria apenas para alimentar o consumo ou sanar uma satisfação narcisista.

Cage justifica o uso do acaso argumentando que «assim é possível uma composição musical cuja continuidade está livre do gosto e da memória individuais, bem como da bibliografia e das 'tradições' da arte». Isso a que chama «bibliografia» e «tradições da arte» não é senão um modo canônico de se fazer arte, que se atualiza naquilo que denomina «o gosto e a memória individuais». O vanguardista cria um procedimento próprio, um cânone próprio, um modo individual de recomeçar do zero o trabalho da arte. Faz isso porque em sua época, a nossa, os procedimentos tradicionais se mostraram concluídos, já feitos; o trabalho do artista se deslocou da criação artística para a produção de obras, perdendo algo essencial. E isso não é nenhuma novidade. Santo Agostinho disse que apenas Deus conhece o mundo, porque ele o fez. Nós não, porque não o fizemos. A arte seria, então, a tentativa de se chegar ao conhecimento através da construção do objeto por conhecer; e esse objeto não é outro senão o mundo. O mundo entendido como uma linguagem. Não se trata, portanto, de conhecer, mas de atuar. E acredito que o elemento mais são das vanguardas, daquelas cujo epítome é Cage, é devolver a ação ao primeiro plano, não importando que pareça frenética, lúdica, sem direção, desinteressada dos resultados. Tem de se desinteressar dos resultados para permanecer sendo ação.

O procedimento das tabelas de elementos utilizado por Cage poderia servir para qualquer arte. Na pintura seria preciso fazer tabelas de formas básicas, cores, tamanhos e utilizar algum método de azar para ir escolhendo quais atualizar no quadro. A arquitetura também poderia ser praticada assim. O teatro. A cerâmica. Qualquer arte. A literatura também, é claro.

Ao compartilharem o procedimento, todas as artes se comunicam entre si: comunicam-se por sua origem ou por sua geração. E ao remontar às raízes, o jogo começa de novo.

O procedimento, seja qual for, em geral consiste em remontar às raízes. Daí que a arte que não utiliza de um procedimento, hoje em dia, não seja arte de verdade. Pois o que distingue a arte autêntica do mero uso da linguagem é justamente essa radicalidade.

A POESIA DO SUPORTE

A galerista, em seu papel de mediadora entre artistas e compradores, mostra-se preocupada pela displicência dos primeiros no uso de suportes mais atrativos para os segundos. Ouço-a discutir com um jovem artista, obstinado em fazer seus desenhos em folhas de papel corriqueiro, sempre o primeiro que lhe cai nas mãos. De fato, esses papéis ordinários, leves e frágeis, incômodos de se manipular, têm um inconveniente-chave para o comprador em potencial: são pouco duráveis. Basta um ano e estarão amarelos, caso já não estejam amassados ou rasgados; para evitar isso, terão de passar por um enfadonho processo de enquadramento. Quem compra arte, compra eternidade, e a quer pronta, sem poréns.

A posição do artista também é relevante. Rechaça com razão os bons modos da arte comercial ou do comércio da arte; sua indiferença às convenções do *packaging* é parte de sua atitude artística, não quer renunciar a ela.

Um modo de conciliá-los seria reivindicar, ou inventar, a «poesia do suporte», a aura própria do suporte antes de receber a inscrição de obra de arte. Um antecedente bem persuasivo é Paul Klee. Todos sabem que Klee dava mais importância, e dedicava mais trabalho, ao suporte que à obra, fosse esta pintura ou desenho. Preparava interminavelmente a tela, cartão, papel ou madeira em que iria pintar ou desenhar, fazendo isso de um modo sempre diferente. Há um livro que compila suas receitas; tal como um menino fazendo «experiências», tentava com tudo que pudesse conseguir: colas, azeites, pastas, pós, giz moído, vernizes, farinhas... Mas diferente dos meninos, anotava meticulosamente os ingredientes e proporções de cada mistura. Parecia mais um cientista caseiro ou sábio louco em busca de receitas insólitas. Também anotava o procedimento: com a mistura obtida, dava uma demão mais ou menos carregada na tela ou no papel, deixava secar por uma semana, três dias, dava uma segunda demão com a mesma ou com outra mistura, mais fina ou mais espessa, repetia a secagem etc. Tinha desenvolvido uma sensibilidade especial para os resultados, ou seja, para a superfície a ser obtida: mais branca ou amarelada, marfínea, lustrosa, opaca, granulada, lisa, resvaladiça, aderente...

Uma vez que o suporte deixava o laboratório do Doutor Klee, o artista Klee pintava ou desenhava sobre ele por alguns minutos, «já que estava», quase como uma desculpa para justificar o trabalho anterior, no qual evidentemente tinha posto toda sua libido criativa.

Suponho que o procedimento leve alguma vantagem psicológica, porque já não dá importância ao momento convencional da criação. Põe de cabeça para baixo a história tal qual a conhecemos — o que, como qualquer outra inversão, dá uma ilusão de liberdade, e que pode ser apenas isso, uma ilusão. Só que nesse terreno, não há nada que não seja feito de ilusão. A vantagem está, creio, na idéia de que o compromisso com o objeto, com o resultado, já foi resolvido antes. E o trabalho artístico propriamente dito se dá com essa gratuidade utópica, que dá livre curso ao aberto.

E há um benefício ainda mais prático, com a cara exposta à esquiva clientela da galeria. Porque aqueles que compram uma obra de arte, compram um suporte, não uma obra de arte. Não poderia ser de outro modo, o jovem artista terá de reconhecer isso, como terá de reconhecer também que está equivocado caso espere virem até ele comprar sua obra. Ninguém leva uma obra de arte para casa, porque isso equivaleria a levar o artista, seu trabalho, sua vida. Apenas se desdobrando em Sábio Louco, em engenheiro secreto de suportes, o artista pode continuar sendo artista e vender convenientemente suas obras. Assim todos ficam contentes.

O QUE FAZER COM A LITERATURA?

Literatura é uma palavra que, diga o que disser o dicionário, admite três acepções:

1) a acumulação de obras escritas que fazem parte daquilo que se chama «literatura argentina», «literatura francesa» ou «os tesouros da literatura universal». O que fazer com essa literatura? Lê-la, evidentemente. Mas por que lê-la? Quem deve lê-la?

É preciso distinguir a literatura dos livros em geral. Estes são o repositório do saber, ainda hoje o mais eficaz, completo e ordenado. Daí vem a pressão social para que se leia, bem como o prestígio da literatura. Essa pressão e esse prestígio transbordam dos livros, beneficiando a literatura propriamente dita. Mas esse benefício é um *mixed blessing*. A literatura é um ramo peculiaríssimo do saber, que pode muito bem estar contra o saber comum. Começa onde o saber termina, podendo ir em direção oposta, desvirtuando as certezas que este pôde fornecer.

Daí que eu, não hesitando em recomendar aos jovens lerem livros, bons livros de história, filosofia, ciências, não me apresse em recomendar lerem literatura. Não sei, aliás, por que se faz tão genericamente e com tanto afinco essa recomendação.

Diria, então, que deve ler literatura quem quiser fazer isso, por sua própria vontade, sabendo, porém, que não irá obter nenhum proveito prático, e que, fazendo isso, estará embarcando numa atividade anti-social, ociosa e solitária.

A literatura não é obrigatória. Podemos prescindir dela e levar uma vida útil e feliz. De fato, é uma das poucas coisas não obrigatórias que ainda restam, e, nesse sentido, se assemelha mais a um gesto de resistência que à contribuição de um bom cidadão ao bem social. Daí ser um tanto incongruente a promoção da leitura feita a partir do poder estabelecido, incongruência atenuada pela suspeita de que aqueles que exercem o poder não fazem o que predicam, e graças a isso exercem o poder.

2) A segunda acepção de «literatura» é a instituição que acolhe escritores, leitores, professores, críticos, editores, congressos. O que fazer com essa «literatura»? É o que deveríamos responder aqui, já que estamos numa manifestação deste aspecto institucional.

No cerne dessa questão há uma ambigüidade, uma contradição, ou, em todo caso, uma dialética. A literatura é feita e consumida na sociedade individual, com os elementos mais íntimos do indivíduo. Isso vale tanto para a forma como para o conteúdo, para as intenções como para os resultados, para as experiências a serem expressadas como para os elementos de expressão. A língua, que é a máquina compartilhada por excelência, se torna literária ao sofrer a torção pessoal que rege o capricho e o gosto. A experiência histórica, o mesmo. Seria quase possível definir a literatura como essa individualização ou personalização daquilo que nasceu para ser compartilhado.

O que causa um certo desconforto. Quanto mais compartilhamos, mais estamos nos afastando das fontes solitárias das quais emerge isso que compartilhamos. Proust cria sua obra fechado em seu quarto. Passam-se cem anos e Proust é uma agência de colocações que emprega professores, tradutores, editores, biógrafos, historiadores. Talvez isso seja bom.

O que fazer, então, com a instituição «literatura»? Não sei. Não tenho por que saber. Se me perguntarem, eu diria: nada. Porque, nesse sentido, a pergunta tem uma ressonância inquietante, como quando se pergunta «o que fazer com os judeus», ou «o que fazer com o sexo», como se se tratasse de coisas com as quais se tivesse de fazer algo, e o que tivesse de ser feito fosse um poder difuso e benéfico que viria pôr ordem onde não há, indicando direções àquilo que está à deriva.

3) A terceira acepção é a de «literatura» como arte, a arte praticada pelos escritores, tal como fazem música os músicos, pintura os pintores, cinema Godard. Todos sabemos mais ou menos o que é a literatura nesse sentido, ou acreditamos saber, e poderíamos passar a vida discutindo sem entrar em acordo. De fato, é o que fazemos. Essa é a acepção em jogo quando dizemos, por exemplo, ao nos referirmos a Isabel Allende ou Harry Potter, «isso não é literatura». E infalivelmente opinamos «sim, isso é literatura» acerca do que fazemos nós, o que desvaloriza bastante a classificação. Essa acepção é também o que serve de garantia e pedra-de-toque para as outras duas, porque supomos que as acumulações canônicas da «literatura argentina», ou dos «tesouros da literatura universal» serão feitas de genuína literatura-arte, sendo esta, não a outra, a matéria da qual se ocuparão professores, críticos e demais funcionários da instituição «literatura».

Pois bem, o que fazer como esta «literatura» da terceira acepção, a literatura-arte? Escrevê-la, evidentemente.

Mas aí, quando fica a cargo dos escritores, a pergunta começa a se transformar, e acredito ser esta a resposta, ao fim das contas: novas perguntas, que por sua vez se respondem com outras perguntas, num circuito interrogativo que morde a própria cauda, e que também é a mandala que nos mantém afastados, para não dizer protegidos, de toda e qualquer certeza. Por que escrever? Como escrever? O que escrever?

A PROSOPOPÉIA

Chama-se «prosopopéia» o recurso artificial de conceder discurso a algum objeto inanimado, animal, qualidade abstrata ou pessoa morta, ausente, imaginária. Nestes últimos casos, a tendência é confundi-los com algo como o romance ou teatro históricos; nos primeiros, com o gênero fantástico. O próprio da prosopopéia, no entanto, é que esse falante impossível não seja bem uma personagem, mas o sujeito de um discurso completo, que constitui a obra ou passagem literária em sua integridade. Mais característico ainda é que esse discurso possua uma intenção determinada, que só se realiza mediante o uso da prosopopéia. Essa intenção responde à classe de desejos que expressa frases tais como «Se estas paredes falassem...». Os objetos podem ser testemunhas presenciais, tão inúteis como insubstituíveis, por duas razões básicas: a primeira é que, na certeza que temos (não são poucos os motivos) de que jamais abrirão a boca, não vacilamos em realizar em sua presença nossos atos mais secretos; a segunda é que, não estando afetados pelos ciclos da vida orgânica, tais objetos duram mais que qualquer outro ser vivo — as «paredes» em questão podem muito bem ter presenciado as evoluções, secretas ou não, de vinte ou trinta gerações consecutivas.

O objeto inerte fornece o modelo completo da prosopopéia; o resto é parcial; o discurso de um gato pode revelar interessantes segredos que passaram despercebidos a seus olhos fosforescentes, mas não tem nada a dizer sobre o discurso das gerações (uma árvore estaria numa situação intermediária, digamos, entre gato e parede); o que poderia dizer a Justiça, ou a Primavera, seria genérico demais para nos interessar; e as revelações de Manuelita Rosas ou de Napoleão nos chegariam através do tempo, mas diriam apenas seus próprios segredos, não os alheios: ninguém teria se comportado diante de Napoleão como diante de uma parede, ou de um gato; além disso, nesse caso haveria distintas opções, como fazer falar a alma de Napoleão, sua estátua ou seu retrato. Este último, bastante comum (basta pensar nos últimos solilóquios da Gioconda que foram escritos), propõe uma mistura: o retrato ou estátua como objeto que atravessa o tempo, mais a psicologia da personagem. Entre parênteses, acredito que essa versão mista aponta a intuição que se esconde no fundo de um recurso que nos parece tão pueril: a prosopopéia representaria simplesmente a obra de arte, que também é objeto inerte e suporte do discurso — ou seja, objeto falante.

Apresso-me em destacar que não conheço nenhuma obra literária realmente boa que faça uso da prosopopéia. É muito limitadora e artificial para se sobrepor ao engenho fácil. Entretanto, tenho acreditado sentir sua maquinária elementar operando como modelo ou motor de alguns grandes romances.

Seria bom começar por distinguir a prosopopéia como figura descrita nos manuais de retórica, da prosopopéia no momento da invenção, utilizada pela primeira e única vez, quando triunfa a liberdade geradora da literatura. E como em todos os bons inventos na arte, deste se pode recuperar o impulso original. Para ver como, é preciso dirigir o olhar aos motivos que levaram à sua invenção e ativá-los novamente. Já sugeri os motivos da prosopopéia: o de fundo, diria, é tematizar a coisificação ambígua (falante) da obra de arte. Este podemos deixar de lado, pois se esgota em si mesmo, é um pouco seu mito de origem. Os demais poderiam se resumir em três:

1) a organização intencional do discurso: caso se ponha a falar uma parede, podemos esperar que seja para dizer algo muito específico e muito bem pensado (supõe-se que houve tempo para pensá-lo);

2) toma a palavra um sujeito não destinado a falar, a que todos os participantes das histórias implicadas tiveram por mudo, e com bons motivos; por isso, a ele entregaram todos os seus segredos;

3) o que fala está isento das limitações temporais das personagens, atravessando suas vidas de um lado a outro.

Esse mecanismo tríplice corrobora, parece-me, a obra de alguns escritores insuspeitáveis de manipulações retóricas. Os três impulsos funcionam em *Carta ao Pai*, de Kafka. Aí fala o afetado pelo tabu do silêncio, o homem-parede, para seu interlocutor paterno, o último a esperar que aquele se pusesse a falar; seu discurso está severamente organizado como uma alegação jurídica, o que, aliás, é bastante característico da prosopopéia: sempre possui algo de ajuste de contas ou ato de justiça; e, por último, a *Carta ao Pai* também compartilha com a prosopopéia o «comprimento de onda» necessário para sulcar as gerações, por mais que aqui se tivesse de deslocar o olhar a outros pontos da obra de Kafka, para ver com todo alcance: ao otimismo da espécie para além do indivíduo, à multidão de ratos e, sobretudo, ao animal subterrâneo do último relato, quando se chega ao indivíduo que já não necessita da espécie para sobreviver.

Seria, talvez, bastante fácil continuar esboçando analogias deste tipo. Terminaríamos vendo prosopopéias em toda parte. Mas não me referia a aparições, sequer somadas, de seus três traços. A mecânica da prosopopéia faz atuá-los num só mecanismo: não o mudo, nem o ajuste de contas, nem o triunfo sobre o tempo, mas as três coisas coordenadas de modo que queiram significar algo distinto. Esse «algo distinto» é o que produz a originalidade pessoalíssima de um autor, do autor no qual volta a se manifestar, pela primeira vez no mundo e sem o saber, a ocorrência da prosopopéia.

Isso poderia ser melhor contemplado recorrendo-se a outro autor, no qual também identifico esse mecanismo em ação, e que para meu propósito leva vantagem sobre Kafka por estar muito mais longe de Puig. Faço a advertência, porém, de que não se trata de exemplos; não poderiam sê-los, porque cada caso constitui a origem absoluta de uma primeira vez histórica que, por essência, não admite um modelo anterior.

Este outro é Diderot. Mesmo limitando-me a seus quatro romances, creio neles fazer-se visível a mecânica da prosopopéia. Para começar, em *As jóias indiscretas*, a prosopopéia aparece diante da consternação de todo um reino, afortunadamente imaginário: os genitais femininos decidem falar. Aquilo que jamais se imaginaria falando, que por definição detém os segredos que se acreditaria melhores guardados, toma a palavra. Não é uma prosopopéia, mas sua tematização ou narrativização. O acento está posto sobre a organização intencional do discurso: as «jóias» abrem suas bocas por motivos muito concretos, e fazem isso com uma eficácia surpreendente. Trata-se de algo típico da mentalidade iluminista, da qual seria difícil encontrar um modelo mais bem acabado que Diderot. Sua qualidade como expoente da época deriva da originalidade sem parâmetro, adquirida pela reinvenção do dispositivo prosopopéia. O racionalismo mencionado como ajuste de contas está mais desenvolvido em *A religiosa*: quem fala agora é uma monja enclausurada, cujo voto de silêncio e obediência foi feito somente para melhor enunciar sua alegação fanática. *Jacques, o fatalista*, e sobretudo *O sobrinho de Rameau* tomam a direção contrária, seus protagonistas são tagarelas compulsivos. E por isso mesmo neles a prosopopéia triunfa. Nada pode surpreender menos que escutar o sobrinho de Rameau, uma espécie de charlatão profissional; a surpresa perene que se produz, no entanto, é que ele diz a verdade, sua loucura e marginalidade coisificaram-no como objeto falante capaz de testemunhar o juízo da civilização.

Jacques, o fatalista, por sua vez, é o monumento à digressão proliferante do romance. Diria, aliás, que aqui existe uma arqueologia da prosopopéia. O modelo seguido por Diderot foi Cervantes. Toda a originalidade do *Quixote*, originalidade fundadora do romance, está no fato de que suas personagens falam. Mediante o simples recurso de dar voz às personagens de um romance de cavalaria, este explode, e seus códigos se dissolvem. A ficção não resiste à prova da palavra falada, a realidade atua com um ácido, e o realismo nasce. Ao me referir ao «triunfo da prosopopéia», quero dizer sua superação. Algo tão néscio como a prosopopéia se torna literatura apenas ao cair por seu próprio peso. A outra influência de Diderot, em sua ficção, foi *Tristan Shandy*. A peculiaridade insólita do romance de Sterne consiste em dar palavra a uma personagem, sem condicionamentos, para que esta se perca em seu próprio discurso incontrolável, e acabe contando uma história diferente daquela que o autor havia proposto. Salvo então que se tem de coisificar essa personagem, ou seja, despojá-la de uma psicologia que não poderia deixar de se contaminar pela do autor, dando-lhe a imprevisibilidade de uma parede que desanda a falar.

Bom, para também não me perder nas digressões, volto à prosopopéia. Suspeito de uma estrutura profunda que se pode somar à superfície como formação retórica, a prosopopéia propriamente dita, ou bem prosseguir sua travessia subterrânea e emergir, atualizada pela história, como obra romanesca inovadora e única. A estrutura profunda seria seu mito de origem, do que não vale a pena falar — caso pretendesse formulá-lo, este sairia atualizado e deformado por minha posição. Limito-me, então, aos três traços que destaquei (o escândalo de que fale quem não pode falar, a intencionalidade justiceira de seu discurso, o excesso sobre o tempo orgânico), tomados em sua maior abstração. A emergência, isto é, a elaboração histórica destes elementos, é a literatura e, inevitavelmente, o histórico de uma literatura.

Pois bem, em Puig o mito da prosopopéia se atualizará com traços próprios, próprios de Puig e de seu tempo. Acredito que a exploração de sua obra, encarada sob esse aspecto, pode trazer à luz alguns pontos de interesse.

Se nos perguntamos qual o segredo de Puig, que o torna tão diferente e superior a todos os romancistas argentinos seus contemporâneos, creio que a resposta está em que os romances de Puig se beneficiam pelo movimento de um interesse intrínseco, não — ou não em primeiro plano, vale dizer — aquele que pode despertar nos leitores, mas o que move seus atores. As personagens de Puig surgem e retiram sua razão de ser do interesse frenético em suas histórias. «Interesse», aqui, deve ser tomado em seu duplo sentido, como curiosidade intelectual e como implicação. Essa é a marca do romance popular, ou do gênero por excelência, o policial: as personagens seguem os avatares de sua curiosidade e por eles são delimitadas, ao mesmo tempo em que possuem interesses vitais postos na história. Mas no romance de entretenimento o interesse queima e se consome por inteiro em seu próprio círculo, seu triunfo consiste precisamente em não deixar resto algum. O interesse do leitor é puramente vicário, seu suporte é a identificação fantasmática, por essência efêmera, com os interesses internos da ficção. Enquanto o romance obra de arte, tal como inventou Flaubert, inverte esses termos: todo seu interesse está posto fora, no leitor e na operação estética da leitura. Daí que, para acentuar o contraste, o romance moderno tenha posto de lado o aventureiro e o gênio, especializando-se no mais cinza e medíocre dos cidadãos. Puig, por um golpe de gênio, que se poderia atribuir à sua sensatez humilde ou a seu gosto pelo antigo cinema de Hollywood, conseguiu recuperar, na mais artística das formas romanescas, a dinâmica do interesse interno.

Minha hipótese é de que isso se deu sob o signo da prosopopéia, ao menos nos primeiros romances, que puseram em marcha todo o processo. Ali está a mudez ou o tabu do silêncio, que acumula todos os segredos alheios, a intencionalidade justiceira do texto, bem como a passagem das gerações que dá sentido a toda a operação. O sentido é a mãe, chave da organização do discurso. A mãe é a primeira pessoa, para além do jogo das palavras, pois é a única que pode falar, mesmo não sendo ela quem fala. Também é a chave da temática: com ela inicia seu primeiro romance, e nela o último termina, ao fim de um longo desvio. A mãe é a produção; em sua sanha com o produto filho, segue produzindo-o eternamente. É a introdução do mecanismo da prosopopéia o que interrompe esse processo, cristalizando-o em arte.

Mas quem fala não é exatamente a mãe. Não poderia fazê-lo, ou teria muito pouco a dizer. É preciso lembrar que a mãe é um sujeito relativo; é mãe apenas para seu filho, e mesmo que a homossexualidade congele a mulher na figura materna exclusiva, para esta ou aquela mãe houve, e teve necessariamente de existir, um momento em que foi parte de uma multiplicidade. Daí a aparente polifonia da prosopopéia de Puig. O sujeito a que dá a palavra é plural: eu o chamaria «a época da juventude de minha mãe».

A empresa de Puig, de fazer falar uma determinada época histórica, parece o que hoje se chama *cultural studies*; o período da civilização enfocado é «a juventude da mãe». Trata-se de uma espécie de reconstrução, mas diferente da feita pelo romance histórico ou pela filologia, já que aqui o estilo está implicado. É a diferença entre o discurso científico sobre a constituição atômica de uma parede e o solilóquio da parede pela prosopopéia, com a diferença adicional de que a parede não possui um estilo próprio, a época sim. Mas além disso, aqui o estilo está implicado por dentro. Disse antes que a única coisa que uma mãe realmente transmite a seu filho é o estilo; e daí compete, de um modo ambíguo e inextricável, com a época de formação do filho. Junto com a primeira pessoa, a personalidade de um Zeitgeist. De modo que mais que uma reconstrução, é uma auto-produção. E deve-se fazê-la por um método historiográfico peculiar: já não o «paternalista» dos documentos, mas um oral, fragmentário, suspeito, frívolo. Mesmo com esses defeitos, é o único método totalizante, porque dá conta de tudo, imagens, valores e gestos, uma estética geral.

A aventura que acontece nessa época é a abertura das possibilidades da mãe: os homens que teve para escolher, ou aqueles que deixou de escolher. É um reino de imensa liberdade. É como no adágio do Direito Romano: «a paternidade é sempre incerta, a maternidade é certíssima». Mas esse «sempre incerta» é a abertura infinita dos possíveis que, depois, hão-se de fechar, e esse fechar se acentua pelo destino da arte. Inerte, se desloca; forma-se um zeugma, a máquina narrativa de Puig: um passado vivo, vibrante de cor e som, e um presente inexorável, amortizado na inadequação e na desdita; ao mesmo tempo, um passado que se fecha, apesar de tudo, e um presente que se abre no trabalho da escritura. Nessas condições, escrever deveria produzir certa culpa, pois equivale a coisificar ou matar o passado, como um vampirismo transtemporal. Matá-lo para fazê-lo falar.

A superioridade de Puig reside nessa opção. A política do romance se resume na alternativa de falar por si ou pelos demais; os colegas de Puig fizeram o curto-circuito mediante a consignação abjeta de «dar voz àqueles que não têm voz», lamentável caricatura da prosopopéia; melhor dizendo, ventriloquia e não prosopopéia — que é também ventriloquia, mas sem ilusionismo. A primeira pessoa se reverte sobre si mesma quando não se toma o cuidado da prosopopéia. «Dar voz àqueles que não têm voz» sem as virtudes que encarnou Puig (a sede de justiça, a experiência do segredo, o trânsito materno do estilo) equivale a uma farsa bastante confusa. E quando existe boa consciência ingênua, como classe alta, a prosopopéia dá resultados como *La casa*, de Mujica Láinez, ou o inefável *Habla el Alagarrobo*, de Victoria Ocampo.

A emergência da prosopopéia na arte narrativa de Puig é extraída do realismo ilusionista, ativando plenamente a máquina literária. Para o que (e em cujo processo se cria um contínuo de realidade e romance) é preciso coisificar e afastar o mundo da mãe, impondo e assumindo o destino do filho, tornando-o objeto de uma fatalidade absoluta. E trancando todas as saídas.

O CARRINHO

Um dos carrinhos de um grande supermercado do bairro onde eu morava andava sozinho, sem que ninguém o empurrasse. Era um carrinho igual a todos os outros: de arame espesso, com quatro rodinhas de silicone (as da frente um pouco mais juntas que as de trás, o que dava sua forma característica) e um cano coberto de plástico vermelho brilhante, pelo qual era manejado. Tão igual aos demais que não se distinguiria por nada. Era um supermercado enorme, o maior do bairro, também o mais concorrido, e assim tinha mais de duzentos carrinhos. O que me refiro, porém, era o único que se movia por si mesmo. Fazia isso com infinita discrição: na vertigem que dominava o estabelecimento, do momento que abria até fechar, e não falemos dos horários de pico, seu movimento passava despercebido. Era utilizado como todos os demais, carregavam-no de comida, bebidas e artigos de limpeza, descarregavam no caixa, empurravam depressa de gôndola em gôndola, e se em algum momento o soltavam, vendo-o se deslizar um milímetro ou dois, acreditavam ser por inércia. Só à noite, na calma tão avessa a esse lugar atarefadíssimo, era perceptível o prodígio, mas já não havia ninguém para admirá-lo. Apenas se de vez em quando algum repositor, desses que iniciam seu trabalho ao amanhecer, surpreendia-se em encontrá-lo perdido lá no fundo, junto ao congelador, ou entre as escuras estantes de vinhos. Supunha, naturalmente, que o haviam esquecido ali na noite anterior. O supermercado era tão grande e labiríntico que não havia nada de mais nesse esquecimento. Se nessa ocasião, ao encontrá-lo, vissem-no avançar, se é que notavam esse avanço, tão pouco perceptível como o ponteiro dos minutos de um relógio, explicavam o fato pensando num desnível do piso ou numa corrente de ar.

Na realidade, o carrinho passara a noite dando voltas pelos corredores, entre as gôndolas, lento e silencioso como um astro, sem nunca tropeçar ou parar. Percorria seu domínio, misterioso, inexplicável, sua essência milagrosa dissimulada na trivialidade de um carrinho de supermercado como outro qualquer. Tanto os funcionários como os clientes estavam ocupados demais para apreciar esse fenômeno secreto, que no geral não afetava nada nem ninguém. Fui o único a descobri-lo, acredito. Ou melhor, tenho certeza: a atenção é um bem escasso entre os humanos, e nesse assunto era preciso muita. Não contei a ninguém, pois se parecia muito com uma dessas fantasias que costumam me acontecer e que me deram fama de louco. De tantos anos fazendo compras nesse lugar aprendi a reconhecê-lo, meu carrinho, por uma pequena marca que possuía na alavanca, com a ressalva de que já não precisava procurá-la, já de longe algo me dizia ser ele. Um sopro de alegria e confiança corria em mim ao identificá-lo. Considerava-o uma espécie de amigo, um objeto-amigo, talvez porque a natureza inerte da coisa carrinho tivesse incorporado esse abalo mínimo de vida a partir do qual todas as fantasias se tornavam possíveis. Talvez, em algum canto de meu subconsciente, estivesse agradecido por sua diferença com todos os demais carrinhos do mundo civilizado, e por tê-la revelado a mim e a mais ninguém. Gostava de imaginá-lo na solidão e no silêncio da meia-noite, rodando devagar na penumbra, como um pequeno barco esburacado que partia em busca de aventuras, de conhecimento, de amor (por que não?). Mas o que poderia encontrar nessa paisagem banal, que era todo o seu mundo, de laticínios, verduras, massas, refrigerantes e latas de ervilha? E ainda assim não perdia a esperança, retomava suas navegações, ou, melhor dizendo, não as interrompia nunca, como aquele que sabe que tudo é vão e ainda assim insiste. Insiste porque confia na transformação da vulgaridade cotidiana em sonho e prodígio. Acho que me identificava com ele, por fim, e que essa identificação o fizera visível. É paradoxal, mas eu, que me sinto tão longe e distinto de meus colegas escritores, me sentia próximo de um carrinho de supermercado. Até nossas respectivas técnicas se pareciam: o avanço imperceptível que leva longe, a restrição a um horizonte limitado, a temática urbana. Ele, no entanto, fazia melhor: era mais reservado, mais radical, mais desinteressado.

Com esses antecedentes, poder-se-á imaginar minha surpresa quando o ouvi falar, ou, para ser mais preciso, quando ouvi o que disse. Teria esperado qualquer coisa que não sua declaração. Suas palavras me atravessaram como uma lança de gelo, fazendo-me reconsiderar toda a situação, começando pela simpatia que me unia ao carrinho, até a simpatia que me unia a mim mesmo ou, de modo geral, a simpatia pelo milagre. O fato de falar, em si, não me surpreendeu, porque já esperava isso. De repente senti que nossa relação tinha amadurecido até o nível do signo lingüístico. Soube que havia chegado o momento de me dizer algo (por exemplo, que me admirava, me queria bem, que estava do meu lado) e me inclinei, simulando amarrar o cadarço do sapato, de modo a colocar a orelha contra a grade arame traseira, podendo então ouvir sua voz, num sussurro que vinha do outro lado do mundo e que ainda assim soava perfeitamente claro e articulado:

— Eu sou o Mal.

A TRADUÇÃO

A tradução é a mãe do estilo. O fato de o nosso século carecer de estilo se deve à posição dos melhores artistas, a saber, adversa à tradução, patente sobretudo nas artes visuais. Hoje em dia os estímulos plásticos da realidade não são traduzidos a uma linguagem unificada, permanecendo em estado bruto, ou à meia tradução, deliberadamente. Um artista encontra estímulo na natureza, por exemplo, e longe de elaborá-lo até o estágio do quadro pintado, faz uma obra com árvores e coelhos reais. Duchamp foi o carrasco da tradução.

A tradução é um mito. Seu ritual é a literatura, não a tradução propriamente dita. Traduzir poesia é o mais néscio dos passatempos adolescentes. Se alguém deseja ler Baudelaire sem se dar ao trabalho de aprender francês... então deve, de fato, ficar com as traduções. A tradução de poesia só ganha interesse quando se dá uma passagem de tonalidade, como na tradução de Marianne Moore das fábulas de La Fontaine. (É preciso reconhecer, de qualquer modo, que o idioma inglês pratica com empenho a arte da tradução poética, ocasionalmente com bons resultados, tais como a versão de *Eugenio Oneguin*, por Sir Charles Johnston. Que eu saiba, não se pratica essa arte em castelhano.)

Mas não se perdeu nada. Podemos viver sem estilo, ou com espelhismos de estilo. Talvez seja melhor assim.

Os escritores devem aprender línguas estrangeiras, tantas quantas puderem, não para traduzir, mas para ler. O ideal é que um escritor leia somente em línguas que não a sua. Assim criará em sua cabeça, em sua boca e em seu ouvido o clima propício para que cresçam as frases, esses dispositivos alheios à linguagem comum, sem os quais não há literatura.

Estendendo o conceito de tradução literária, na idéia geral de tradução se fundamenta a soberania estatal. O sentido, cujo respaldo e garantia é a tradução, nos torna dóceis à lei. Desde que a ordem seja compreendida, será necessário acatá-la. Daí o valor liberador da literatura, que opera contra o sentido. Nessa direção aponta, vagamente, o famoso ensaio de Benjamin sobre a tradução. Mas há um livro argentino que desenvolve o tema completamente e que me permito recomendar aos leitores: *El evangelio apócrifo de Hadattah*, de Nicolás Peyceré.

O INCOMPREENSÍVEL

Primeiro vem a língua da fala, a língua universal e perfeita com que se pode fazer entender, e que realmente se entende, porque ainda não há estranhos. É o estágio infantil da linguagem e, ao mesmo tempo, do mundo. Dentro desse mundo transparente, a comunicação consegue sua eficácia máxima, ao preço de ser um mundo unipessoal. A infância é sempre infância de uma só criança. Para que haja outro, é preciso a triangulação com um adulto, ou com o tempo. Não é um mundo pequeno, porque é o mundo todo. Suas dimensões estão neutralizadas, não há perspectiva que dê conta de medi-las. É um mundo cheio de linguagem: não há vazios com que se possa criar uma perspectiva e dar uma explicação. À criança não ocorre que possam entendê-la; seu mundo está ocupado por ele mesmo, e essa ocupação é sua língua.

Há poetas que fizeram dessa situação seu estilo. Poetas obscuros, mas obscuros por excesso de claridade. É o que diz Chesterton, no livro que dedicou ao mais obscuro dos poetas ingleses. Browning, diz Chesterton, é obscuro porque considera aquilo que deseja dizer tão claro que não vê razões para explicá-lo. A exegese de cada verso seu seria uma dessas piadas que mostram os pais sob as expressões de seus filhos pequenos, nas quais se tem de contar uma longa história de microscopias domésticas para que o sentido no fim desponte, como um parto risonho das montanhas.

Em 1840, quando se publica o primeiro poema de Browning, *Sordello* provocou uma comoção enorme entre os leitores: resistia não à interpretação, mas à compreensão mais elementar. Era como se estivesse em chinês, todos queriam lê-lo, todos corriam às livrarias para comprá-lo — entusiasmo este que um livro realmente escrito em chinês não despertaria. Dessa temporada, uma das histórias que ficaram registradas, não sei se verdadeira (nem sei se a lembro bem), diz que um senhor doente, em seu leito-de-morte, grande leitor de toda a vida, ficou sabendo da aparição de *Sordello* e de sua fama de incompreensível, mostrando assim um grande desejo de conhecê-lo. Um parente bem-intencionado foi comprá-lo, e então o leram. Suas últimas palavras (pois expirou imediatamente depois de terminada a leitura) foram: «Não entendi nada, mas nada!». É matéria de especulação se morreu desesperado ou exatamente o contrário, cheio de esperança. Talvez tenha querido dizer: «Finalmente não entendi algo!» Porque entender pode ser uma condenação. E não entender, a porta que se abre.

John Cage, numa rememoração de suas leituras juvenis, dizia existir uma chave bastante simples para saber do que gostava e do que não: gostava daquilo que não entendia. Se entendia, abandonava desiludido. Pode parecer uma provocação a mais, mas acredito que todos tivemos a mesma experiência, e que alguns continuamos tendo. Podemos ao menos reconhecê-la, aqueles que tiveram a sorte de ser criança antes de existir a literatura infantil, e quando os romances de Dickens ou Julio Verne vinham em boas traduções, repletas de palavras incompreensíveis, outras tantas portas abertas ao desconhecido. E quando se tratava de romances de piratas (os de Salgari, meus favoritos), com seu vocabulário náutico, era chinês mesmo, esse chinês-castelhano, puro prazer de leitor, como deveria ser o chinês-inglês de Sordello. Proust, inesquecivelmente, foi quem disse: «Os livros que amamos parecem escritos numa língua estrangeira». Nada mais acertado. Além disso, entra na lógica da arte — se é que é verdade, como acredito ser —, cuja primeira função é estranhar, romper os hábitos da percepção, fazendo novo o velho. A linguagem em nós envelhece rápido, e os escritores que amamos a renovam. Por isso os amamos. A essa língua estrangeira dentro da língua materna se chama, genericamente, «estilo».

Eu, ao estilo tenho chamado «mito pessoal» do escritor, porque acredito que termina por abarcar tudo, a vida e a obra, num contínuo incessante. O último resultado da contemplação desse contínuo é a transparência. Todo escritor vai em direção à claridade perfeita, mas o caminho é um rodeio pelo incompreensível. Caso se dirija ao claro pelo caminho do claro, poderá ficar no óbvio, que é a forma mais derrotada da melancolia em literatura. O escritor faz um longo e tortuoso passeio pelas sombras antes de chegar à luz, e a claridade final fica impregnada pelo incompreensível, como as brancuras de neon do paraíso dantesco ficaram marcadas pelas assustadoras espirais das cavernas do inferno. A claridade definitiva da obra triunfante volta a ser escura, mais escura quanto mais clara for, e isso assegura a eterna juventude da obra de arte.

A frase de Proust é de um funcionamento surpreendente nos países hispano-americanos. Se algo houve de bom em nossa balcanização, foi gerar vinte ou trinta línguas estrangeiras dentro da mesma língua. Os livros cubanos que nós argentinos amamos parecem escritos numa língua estrangeira; claro que para o bom leitor argentino, Borges também parece escrito numa língua estrangeira. O continente, suas distâncias e suas histórias, reduplica o trabalho do escritor individual, e o próprio continente se torna escritor; sua língua, ao mesmo tempo igual e diferente, torna-se literatura *ready-made*. O tesouro acumulado da literatura hispano-americana é a grande pedra Rosetta dessa situação paradoxal de estrangeiros que falam a mesma língua. Mas uma pedra Rosetta ao contrário: serve para destraduzir. Podemos de fato sentir a tentação de acreditar tratar-se realmente da mesma língua, ou seja, que cubanos e argentinos dizemos o mesmo quando pronunciamos as mesmas palavras. Uma jactância perfeitamente anti-histórica, sobretudo nestes tempos de decadência do sentimento histórico, pode nos levar a essa ilusão. E aí intervém a literatura, para recolocar o incompreensível em seu lugar. Isso se dá a cada vez em que começamos a entender demais.

Pois bem, voltemos ao início. A criança fala a língua universal, e em suas brincadeiras desprende a dialética do compreensível e do incompreensível, cuja síntese é a literatura. O problema é que não se pode viver para sempre na infância. É o que aconteceu na China (para retornar mais uma vez à China, se é que por acaso saímos dela), no século V antes de Cristo. O taoísmo é muito gratificante, com seus absurdos iluminadores, suas alquimias de contos de fadas e suas felizes anarquias; mas cedo ou tarde se tem de recorrer a Confúcio, se quisermos que a sociedade continue funcionando. E o sistema de Confúcio se baseia no que os tradutores (do chinês) chamam «a retificação dos vocábulos», princípio e fim de uma política que seja realmente política. O êxito do sábio confuciano, e do político em geral, é medido pelo *quantum* de claridade que se pode incutir à comunicação que cimenta a sociedade.

Retificar as palavras significa, em linguagem mais atual, colocá-las de acordo com as definições. É uma antiga utopia, que permanece entre as mais freqüentes, já que portátil e embalada a vácuo. Por algum motivo, no entanto, é tão irrealizável quanto as demais. Taoísmo e confucionismo, em outros nomes literatura e política, permanecem em confronto e irreconciliáveis; sequer na definição de seus nomes conseguimos colocá-las em acordo.

Isso, acredito, se deve por só se infundir a claridade de fora para dentro. O político inicia retificando os vocábulos do Estado, impondo as grandes definições com as quais a comunidade poderá se entender. A partir daí, pode avançar numa só direção: para dentro, rumo às classes, aos grupos, às famílias, ao indivíduo, até chegar à noz secreta da consciência do indivíduo. E quando concluir sua tarefa, quando tiver conseguido que a claridade reine até nos mais íntimos sonhos de cada cidadão, não terá feito mais que plantar a semente para que se inicie um movimento contrário, de dentro para fora, movimento do qual a literatura é ao mesmo tempo o modelo e a realização.

A essa altura, a dialética do compreensível e do incompreensível se transforma na dialética do subentendido e do malentendido. Os dois movimentos são simultâneos, e suas sobreposições esboçam a história dos livros que amamos. Dentro de uma comunidade histórica, um livro é forçosamente subentendido, porque o movimento centrípeto em direção à claridade faz com que esse livro vá sendo escrito por seus primeiros leitores, aqueles que habitam o bairro do autor, e estes, por sua vez, não podem interpretá-lo senão como um esforço extra para dar luz à comunicação. Até aí já entendemos demais, e o livro oscila perigosamente no abismo do óbvio. Temos a desgraça de compartilhar suas condições de produção. (Digamos, entre parênteses, que até aqui chega toda a literatura comercial; e diria mais: que este é o horizonte de toda a cultura popular, sua condenação à redundância perpétua.)

Mas com os livros que amamos se inicia imediatamente uma criação de distâncias. O tempo de repente começa a passar, o que é inevitável, e essa distância não vai parar de crescer. Além disso, os livros se deslocam no espaço, saem do bairro, da cidade, da sociedade que os produziu; vão parar em outras línguas, outros mundos, numa viagem sem fim, rumo ao incompreensível.

O barco que os transporta é o mal-entendido. Para um argentino, pensar que um cubano acredite entender Borges ou Arlt soa tão irrisório como para um cubano deve soar a pretensão de um argentino de entender Lezama Lima. Despojados do subentendido, aos livros só se pode amar. A frase «amar pelas razões erradas» é o que os lógicos chamam «uma proposição carente de sentido», qualquer um que tenha amado sabe.

Nesse barco, de contrabando vão as grandes definições confucianas: para não dar mais de um exemplo, porque todo exemplo na verdade não é um exemplo, mas a própria coisa de que estou falando, veja-se a definição de «civilização e barbárie», que pode ser apenas levemente entendida, subentendida, no dia e na hora em que foi cunhada pela primeira vez: um minuto depois ficou internada no mais intrincado oceano de mal-entendidos, sob a forma de interpretações, atualizações, contextualizações, cada uma delas subentendida por um instante, antes de empreender sua própria travessia. O revisionismo não consegue ser mais que redefinição ou transvaloração de palavras.

Seja como for, no fim o mal-entendido triunfa. Essa é a última lição, e é também uma lição de Proust. Está, se não me engano, no segundo volume da *Recherche*, quando, num balneário onde veraneia o narrador com sua avó, aparece uma senhora, a princesa de Luxemburgo. Seus atavios chamativos fazem com que as burguesas do Grande Hotel pensem tratar-se de uma prostituta que usa o título como *nom de guerre*. Acontece que a senhora é de fato quem diz ser, mas isso já não tem importância. Proust comenta: «Passou-se todo o verão e o mal-entendido não se desfez, como teria sido no quarto ato de um *vaudeville*».

Quando li isso, aos quinze anos, minha vida mudou. Um véu caiu sobre meus olhos, para sempre. A realidade não possui quarto ato. Não tem desenlace. O mal-entendido não se resolve jamais. Não se resolve porque não é esse seu destino. Para resolvê-lo seria preciso voltar atrás, rebobinar, e já se sabe que por fora da ficção não se volta ao passado. O destino do mal-entendido é justamente o contrário: fazer avançar o tempo, arquitetar outros mal-entendidos, multiplicá-los e torná-los mais eficazes, deles fazendo verdades que sirvam para viver e criar. A criança vive no subentendido; o adulto, no mal-entendido. Mas deveria ser algo mais que esses dois velhos estados biológicos e sociais. Talvez exista, e nesse caso eu o chamaria de «o novo». Ou, por ora, de o incompreensível.

ESTÉTICA DO MONSTRUOSO

O expressionismo funciona pela participação do autor em sua matéria, a intromissão do autor no mundo, gesto que não pode se dar sem uma certa violência. A distinção clássica entre impressionismo e expressionismo diz que no primeiro o mundo é que vem ao artista, em forma de percepções; no segundo, o artista dá um passo adiante, coloca a si mesmo dentro da matéria com que fará sua obra. Não é que no impressionismo o mundo tome a iniciativa, nem que o artista expressionista seja mais ativo; todo artista, seja qual for a modalidade adotada, faz parte de uma atividade globalizante, a ação perpétua que constitui a arte. Trata-se de dois métodos, que em última instância se equivalem, tal como projeção e introjeção para a teoria psicológica. Salvo que a projeção expressionista acontece no campo simbólico, mediante palavras, e a introjeção impressionista no campo imaginário. Por esse ou outro motivo, o expressionismo é amaldiçoado, o impressionismo, feliz. Remeto-me a uma citação de Goethe, que esclarece: «Os alemães são gente esquisita. Com seu pensamento profundo, com idéias que estão constantemente buscando e que em tudo introduzem, tornam a vida dura demais. Eia! Tendeis o valor de se deixar levar por vossas impressões... e não penseis que será sempre vão tudo o que for uma idéia, algum pensamento abstrato». Aqui estão agrupados, por um lado: Impressionismo, introjeção, imaginário e felicidade, e em seguida Expressionismo, projeção, simbólico e maldição («a vida dura», ou melhor, «a vida suja»).

O expressionista, então, torturado e pensativo como um alemão, dá um passo adiante, salta ao mundo, montado nas palavras. Faz isso sem abandonar a si mesmo, pois a eficácia do método se dá em bloco, sem reservar nada antes. Uma vez realizado o salto, o artista se vê em meio à matéria, que, em termos mais producentes, deveria ter tratado de ver à distância, ao mínimo de distância necessário para poder representá-la. Vê-a perto demais, sem perspectiva, ao seu redor, ou, melhor dizendo, não a vê, mas toca-a, numa situação verdadeiramente pré-natal, envolvendo-se nela... O mundo perde sua natureza cristalina, fica gomoso, opaco, de barro. Um mundo de contato, que se deforma para brincar com ele, o intruso, esticando, achatando-se em anamorfoses aterrorizantes. Obstinado pela inadequação, o artista insiste apesar de todos os padrões visuais da representação (não existem outros), e sua obra fica cheia de monstros. Acha lamentável essa situação (não lhe faltam motivos), acha o mundo horrível, e ainda assim persiste. Bastaria voltar um passo, recuperar a perspectiva, voltar a enfocar... Não é absurdo, tratar de ver aquilo que está tocando o olho? É sim, e o absurdo contamina tudo, piorando aquilo que já era horrível. O passo anterior, a fuga, seria tão fácil... Mas deixa pra lá. E já não por obstinação no erro; deu-se uma transmutação, operou-se uma química, e agora a inadequação é método. Retroceder equivaleria a renunciar sua arte, porque seria sair do presente e entrar no tempo, uma perspectiva, uma distância. O artista, virtuoso na renúncia, jamais renuncia a seu presente. Abandona todo o resto; isso, nunca. Não é uma questão existencial ou afetiva, ainda que pareça. Originalmente, é uma questão formal. No começo de toda essa peripécia há um projeto artístico, não outra coisa. A representação cotidiana e utilitarista, que liga e desliga conforme nossa necessidade, é recolocada por outra, deliberada, coerente, contínua e difícil. A dificuldade de viver, identificada com a maldição, transmutou-se na felicidade de uma arte refinada, num virtuosismo alquímico que converte em triunfos estéticos o tropeço, a fealdade e a miséria.

 O artista está projetado no mundo, colorindo-o, deformando-o por sua mera presença, atuando como um reagente químico sobre as formas. E as formas são importantes, porque constituem a substância dos signos. Sem elas não haveria arte, e o mal do mundo não teria cura. Cito Ponge: «Creeis que as formas (dos menores objetos, essas formas que limitam e separam, seus contornos) não têm importância? Ora, sem brincadeiras!

Têm a maior importância». É certo que podemos embrulhá-las a gosto. Claro que sim. Podemos deformá-las por nossa mera presença, nossa mera inserção na paisagem, a mera inserção de nossa temperatura (*cf.* Temperamento) em sua proximidade.

«É retirando-nos daí, esfriando a atmosfera com nosso afastamento, nosso retiro (na medida do possível), que podemos devolver a cada objeto sua coesão vital (seu funcionamento). É como se nossa presença, nossa proximidade, nosso mero olhar abrandasse os mecanismos dos relógios, de modo que não pudessem soar. Seria necessário que nos retirássemos daí para que os mecanismos esfriassem e o funcionamento se restabelecesse, para que os tique-taques e as campainhas das horas se fizessem ouvir de novo.»

Reconhece-se aí o princípio de Heisenberg, segundo o qual o observador, ou a própria observação, modifica as condições objetivas do fato. Mais ainda: dissolve a possibilidade de que o fato tenha condições objetivas, torna-o observação, transformação, singularidade absoluta. A arte não precisou esperar o descobrimento das partículas subatômicas para ver atuar o princípio de Heisenberg, pois era a condição original de seu funcionamento, assim como do da linguagem: as palavras são delegações nossas no mundo, na natureza, e ali se ocupam de alterar o contorno das coisas, ou de lhes dar contorno. Em geral, poder-se-ia dizer que o princípio de Heisenberg é a condição primeira do funcionamento da consciência; não a inimaginável consciência em si, mas a feita de linguagem. A literatura é a épica desse transtorno. A literatura é essa escotomização, esse rebrandecimento daliniano dos relógios, esse expressionismo.

A UTILIDADE DA ARTE

Quando era novo, em Pringles, havia donos de automóveis que se gabavam, sem mentir, de tê-los desmontado «até o último parafuso» e depois montá-los novamente. Era uma proeza bem comum, e tal como eram os carros então, bastante necessária para manter uma relação boa e confiável com o veículo. Numa viagem longa era preciso levantar o capô várias vezes, sempre que o carro falhava, para ver o que estava errado. Antes, na era heróica do automobilismo, ao lado do piloto ia o mecânico, depois rebaixado a co-piloto. Lembro que quando as mulheres começaram a dirigir, um dos argumentos contrários mais fortes era o de que não entendiam nada de mecânica: podiam apenas aspirar a «usar» o carro.

Na realidade, os *bricoleurs* de vila ou de bairro não se limitavam aos carros, trabalhavam com qualquer tipo de máquinas: relógios, rádios, bombas d'água, cofres. Até dez anos atrás meu sogro desmontava periodicamente a máquina de lavar roupas e montava de novo, só por garantia; ao comprarem uma com programação automática já não pôde continuar fazendo isso. Desnecessário dizer, assim, que desde que os carros vêm com circuitos eletrônicos, o famoso «até o último parafuso» perdeu vigência.

Houve um momento, neste último meio século, em que a humanidade deixou de saber como funcionavam as máquinas que utiliza. De forma parcial e fragmentária, sabem apenas alguns engenheiros dos laboratórios de Pesquisa e Desenvolvimento de algumas grandes empresas, mas o cidadão comum, por mais hábil e entendido que seja, perdeu a pista há muito. Hoje em dia todos usamos os artefatos tal como as damas de antigamente usavam os automóveis: como «caixas-pretas», com um Input (apertar um botão) e um Output (desliga-se o motor), na mais completa ignorância do que acontece entre esses dois pólos.

O exemplo do carro não é por acaso, acredito ter sido a máquina de maior complexidade até onde chegou o saber do cidadão comum. Até a década de 1950, antes do grande salto, quando ainda se desmontavam carros e geladeiras no pátio, circulava uma profusa bibliografia com tentativas patéticas de seguir o rastro do progresso. Nas páginas de *Mecânica Popular*, ou da semelhante *Hobby*, gastavam-se os últimos cartuchos com artigos sobre o funcionamento da propulsão a jato ou do televisor; mas os leitores se rendiam desalentados.

Hoje vivemos num mundo de caixas-pretas. Ninguém se assusta por não saber o que acontece dentro do mais simples dos aparelhos de que nos servimos para viver. Interessa apenas que funcione, como um pequeno milagre doméstico. Quem sabe de verdade como funciona um telefone? Tenho uma teoria: a cada vez que discamos um número e nos atendem, é porque Deus intervém, pondo em ação sua onipotência para fazer acontecer algo que em termos naturais não poderia acontecer. No século XVII, o filósofo francês Nicolás Malebranche elaborou uma curiosa teoria, segundo a qual entre cada causa e efeito Deus participava para efetuar a conexão. Desteologizando esse «Deus», temos uma boa explicação geral do mundo contemporâneo.

O saber dos *bricoleurs* domésticos se deslocou para o uso. O equivalente daqueles engenhosos «entendidos» que desmontavam carros são os jovens que sabem tudo sobre computadores. Com a exceção de que esses jovens, por mais que desmontem os computadores (gesto enfeitado com um conteúdo já puramente simbólico), sabem tudo sobre o uso, não sobre o funcionamento. Em todo caso, podem se gabar por saber sobre o funcionamento do uso, não sobre os meandros que fazem com que a máquina funcione. O mesmo se pode dizer dos profissionais que consertam fornos de microondas ou televisores.

O que aconteceu com as máquinas é apenas um indício concreto do que aconteceu com tudo. A sociedade inteira virou uma caixa-preta. A complicação da economia, os deslocamentos populacionais, os fluxos de informação traçando caprichosas espirais num mundo de estatísticas contraditórias, acabaram por produzir uma cegueira resignada cuja única moral é a de que ninguém sabe «o que pode acontecer»; ninguém acerta os prognósticos, ou acerta só por casualidade. Antes isso acontecia apenas com o clima, mas à imprevisibilidade do clima o homem respondeu com a civilização. Agora a própria civilização, dando toda a volta, se tornou imprevisível.

É como se tivesse esgotado a possibilidade lógica de que haja alguém lúcido ou inteligente. Não haveria sobre o que empregar sua clarividência, porque já não há nada o que desmontar e montar de novo. A ciência continua empenhada nesse trabalho, só que agora requer um alto financiamento, levando uma elite dócil ao poder, assim como admite fechar-se sobre si mesma e funcionar, com relação ao resto da sociedade, como uma caixa-preta. Acreditamos que apertando um botão podemos colocar a nosso serviço as partículas do átomo ou clonar vacas, e é bem provável que possamos fazer isso mesmo, só que esse gesto não nos ensinará como se faz. Cresce o abismo entre causas e efeitos. Deus avança.

Diminuir o campo de ação da inteligência não deveria parecer tão grave se pudermos continuar sendo felizes. Ao fim das contas, o que estaria em vias de desaparecimento não é nada além de um tipo de inteligência, que será reposto por outro, talvez até com vantagem. A inteligência é um instrumento de adaptação, mas de pouca serventia para um mundo que deixou de existir.

Não obstante, toda e qualquer atrofia que nos diminua, mesmo com a melhor desculpa evolutiva, nos inquieta. Talvez tenhamos um motivo de preocupação. Se a humanidade fez todo seu caminho sabendo do que se tratava, a promessa de felicidade que encerra a ignorância acaba suspeita. Primeiro, porque não se mostra a face descoberta como ignorância; pelo contrário, a contra-oferta tenta nos convencer de que sabemos mais do que nunca. Mais do que como ignorância, apresenta-se numa forma ditosa de impotência eficaz. Não sabemos como funciona a câmera de vídeo. E daí? Não podemos usá-la para registrar nossas festas de aniversário ou férias? Não podemos usá-la para dar mais sentido a nossas vidas? O que se perdeu, em todo caso, foi uma ilusão de virilidade e auto-suficiência, bem mais ilusória porque antes estávamos tão subjugados aos poderes quanto estamos agora. A Revolução, em última instância, era a idéia de se desmontar a sociedade «até o último parafuso» e voltar a montá-la, só que a idéia de Revolução caducou. Talvez possamos nos consolar pensando que a sociedade rearmada seria tão injusta e alienante quanto a anterior. Ao fim das contas, quando voltavam a montar o automóvel, os *bricoleurs* domésticos obtinham o mesmo carro do qual tinham partido, não um avião.

Mas esse conhecimento era mais que circular. Talvez não tanto pelo conhecimento em si como pelo tipo de inteligência posta em ação. A inteligência bem poderia ser dessas coisas que não funcionam caso não estejam completas. A mutilação de um ramo marginal poderia secar a árvore toda, ou, para empregar uma metáfora menos orgânica, arrancar um ladrilho pode fazer cair o edifício inteiro.

Seja como for, valeria a pena preservar, por prudência, esse instrumento da evolução. Poderia ser útil aos países não desenvolvidos, pois é preciso lembrar que o mundo está longe de alcançar um desenvolvimento homogêneo.

Pois bem, o que queria dizer é isto: a arte continua sendo o melhor campo para a prática e experimentação da velha inteligência, que se impunha o objetivo de saber como funcionavam as coisas e como funcionava o mundo.

Pode-se objetar que isso equivale a dar entidade à velha metáfora anuladora da arte como entretenimento (hoje deveríamos dizer «jogo»); mas se trata de um entretenimento pedagógico, não meramente hedônico. Na realidade, não tão pedagógico quanto prático ou preparatório, ou ainda, pelo contrário, preservador. Com efeito, a prática da arte é a única de consenso social que pode desenvolver um saber que em todos os demais âmbitos está em acelerado processo de extinção.

Isso se deve à radicalidade inerente à arte, que não difere dos artesanatos e da manufatura utilitária, mas por sua capacidade (sem a qual não seria arte) de desmontar por inteiro a linguagem com que opera e montá-la de novo, segundo outras premissas. Se não retorna ao ponto de partida, não é arte, mesmo que pareça. Todo artista de verdade sabe disso, intuitivamente talvez, e o faz a cada vez que põe mãos à obra.

Vanguardas de todo tipo exploraram essa radicalidade mais ou menos sistematicamente. E isso explica por que não houve vanguardas antes de se esboçar a era das «caixas-pretas». Durante dois ou três mil anos a humanidade pôde fazer arte autêntica limitando-se a aprender o ofício daqueles que o fizeram antes. A arte estava no mesmo nível de qualquer outra atividade, já que todas colocavam em prática um saber completo e sem saltos em suas cadeias causais. O artista não necessitava se postular como detentor de uma inteligência sem zonas obscuras, porque esse tipo de inteligência era usado por todos.

Das vanguardas, o Construtivismo russo foi mais longe nessa direção. Opondo-se ao conceito de «composição», próprio do usuário da prática artística, o de «construção» significava que a obra de arte deveria exibir seu processo de fatura a partir do zero, de modo que não só o artista mas também o espectador pudesse desmontar a peça, «até o último parafuso», e montá-la novamente, tal como a tinha diante dos olhos.

O Construtivismo não pôde se sustentar no tempo: teria necessitado uma Revolução (era o que seus membros acreditavam estar fazendo). Mas suas premissas persistem, mil vezes transformadas, até hoje.

Essas premissas dão o fio condutor do sentido da obra do artista mais representativo do século, Duchamp. É o conceito de base da chamada «arte conceitual»: conceito próprio da arte. A mais famosa obra de Duchamp, que encerra todas as outras, o *Grande vidro*, se propõe como «máquina transparente», a máquina-modelo da qual se pode ver a olho nu o modo como foi feita, o antídoto definitivo a todas as «caixas-pretas» que proliferam de forma crescente à nossa volta. Poeticamente, o que tomo como uma homenagem aos bricoleurs domésticos de minha infância, Duchamp dizia que o *Grande vidro, A noiva despida por seus celibatários* deveria ser visto «como o capô de um automóvel».

Minha conclusão é de que a arte, essa atividade que pode ser vista como decadente ou em decadência, hoje tem uma função. E não é uma função retrógrada ou conservadora, como poderiam induzir minhas próprias evocações juvenis. Porque, na realidade, as caixas-pretas entre as quais vivemos não são tão escuras assim. Ou admitem rodeios para passar ao outro lado de sua escuridão, colocando-se a nosso favor. Em nossa sociedade, o artista é o único cidadão comum, não financiado pelo poder, que trabalha com uma matéria sofisticada e atual que não é uma caixa-preta, ou seja, que pode ser desmontada e reconstruída totalmente. É o único que usa um tipo de inteligência que está se atrofiando no resto da sociedade. Mas essa atividade atua também sobre as «caixas-pretas», retirando-lhes funcionalidade (e portanto mistério) ao mostrar de que modo funcionam na máquina social englobadora.

Não importa que os artistas sejam fraudes. Essa conceitualização generalizada parece incrementar a probabilidade de fraude, e de fato faz isso, mas não importa. Ao contrário, quanto mais fraudulentos forem os artistas, mais enérgica será a colocação em marcha desse mecanismo de radicalização.

Quanto ao uso de formatos artísticos feito pela cultura popular, por exemplo o cinema ou a música, é preciso dizer que cede miseravelmente à lógica da caixa-preta: aperta-se um botão (isto é, usa-se às cegas uma linguagem artística sem desarticulá-la previamente) e se espera um resultado, que não é outro senão o sucesso e a venda. Todos que buscaram o sucesso sabem que, por definição, este resulta de um processo misterioso e imprevisível fora de nossa vista, dentro da caixa-preta.

O ENSAIO E SEU TEMA

Uma diferença entre ensaio e romance está no lugar ocupado pelo tema num e noutro. No romance, o tema se revela no final, como a figura que desenha o que foi escrito, figura que é independente das intenções do autor, e que quase sempre, caso tenha existido alguma intenção, a contradiz. O literário do romance está no adiamento do tema e na alteração das intenções; quando o tema se antecipa e a intenção se realiza, suspeitamos, com bons motivos, de uma deliberação de tipo comercial ou mercenária.

No ensaio, é o contrário: o tema vem antes, e é esse lugar que assegura o literário do resultado. A separação entre intenção e resultado que a literatura opera no romance, no ensaio se dá por uma generalização do prévio; tudo se transfere ao dia que antecede a escritura, quando se escolhe o tema; caso se acerte na escolha, o ensaio já está escrito, antes mesmo de escrevê-lo; é isso que o objetiviza diante dos mecanismos psicológicos de seu autor, fazendo do ensaio algo além de uma exposição de opiniões.

Quero falar da escolha do tema para o ensaio a partir de uma estratégia particular, não muito difícil de detectar porque fica declarada já no título: refiro-me aos dois termos conjugados, A e B: «A muralha e os livros», «As palavras e as coisas», «A sociedade aberta e seus inimigos». É um formato bastante comum — suspeito, aliás, de que não haja outro, mesmo dissimulado. Nos anos setenta era algo quase obrigatório, tanto que com alguns amigos tínhamos pensado em oferecer às usinas editoriais de ensaios um procedimento simples para produzir títulos. Consistia num diagrama feito a partir de duas linhas em ângulo reto, sobre as quais se escrevia duas vezes, na vertical e na horizontal, a mesma série de termos extraídos da base comum de interesses da época; digamos: Liberação, Colonialismo, Classe Operária, Peronismo, Imperialismo, Inconsciente, Psicanálise, Estruturalismo, Sexo etc. Bastava pôr o dedo num dos quadrinhos assim formados, remeter-se à abscissa e à coordenada, e se obtinha um tema: Imperialismo e Psicanálise, Mais-valia e Luta Operária, ou o que fosse. Tinha-se, é claro, de tomar a precaução de não eleger uma casa da diagonal central, nesse caso poderia sair algo como Capitalismo e Capitalismo. O que, pensando bem, teria sua originalidade.

Os anos setenta foram os anos da não-ficção. Uma não-ficção que hoje pareceria um tanto selvagem. A monografia acadêmica ainda não tinha feito sua irrupção nas livrarias; aqueles que escreviam eram generalistas de formação mais ou menos marxista, e faziam isso sobre uma base de leituras hoje quase inimagináveis por sua amplitude e tenacidade. Era a idade do ouro das chamadas «ciências humanas», cuja difusão se dava em termos políticos. Só esse fato já exigia os dois termos. «A Lingüística», muito bem; mas a Lingüística e o quê? Sozinha, não interessava a quase ninguém (aos lingüistas profissionais); deveria vir acompanhada de Literatura, Sociedade, Inconsciente, Antropologia ou de qualquer outra coisa. E qualquer uma dessas coisas, por sua vez, também requeria companhia. A Lingüística, sobretudo, sempre vinha acompanhada por um «e», pois era o modelo com o qual se devia estudar aquilo que nos importava de verdade. Para além do modelo epistemológico, isso impunha um modelo tático, e tudo terminava conjugado com outra coisa. O arquititulo era, claro, *Marxismo e Psicanálise*; à sua sombra estavam os demais pares da combinatória; creio que todos se tornaram realidade, se não em livros, ao menos em artigos de revistas. Entre parênteses, o diagrama hoje poderia ser atualizado estendendo-se as coordenadas e agregando os mesmos termos com o prefixo «pós».

Há trinta ou quarenta anos, esses títulos duplos respondiam a uma circunstância histórica precisa. Qualquer que fosse o tema sobre o qual se queria predicar, era preciso remetê-lo imediatamente a outro, por ação de uma conjunção audaz. A totalização começava com uma passagem, e não poderia ser de outro modo. A passagem já era a ação, e se não a fizéssemos, ficávamos no sonho intelectual ou na torre de marfim. Havia uma espécie de ansiedade, que hoje podemos ver com um sorriso comovido, na pressa com que todo tema saltava a outro, numa deriva sem fim, sempre provisória, assim como eram provisórias as vidas revolucionárias. Tudo isso, enfim, passou. A própria História se ocupou de dar fim, porque a des-historização é um fenômeno tão histórico como outro qualquer.

Antes e depois disso, muitos ensaios foram escritos com título no formato «A e B». É um formato eterno, inerente ao ensaio, que permanece por mais que se alterem as determinações que a cada vez o justificam. Minha hipótese é de que o tema do ensaio são dois. Dir-se-ia que um só não é um bom tema para o ensaio. Caso seja um tema só, não vale a pena escrevê-lo porque alguém, antes, já o terá escrito, e podemos apostar tê-lo feito melhor que nós. Mesmo o autor do primeiro ensaio do mundo teve de enfrentar este problema. Com isso voltamos maciçamente à questão do prévio que destaquei no início. O ensaio é a peça literária que se escreve antes de escrevê-la, quando se encontra o tema. E esse encontro se dá no seio de uma combinatória: não é o encontro de um autor com um tema, mas sim de dois temas entre si.

Se uma combinatória se esgota ou satura, só resta esperar que a História a renove. O tesouro coletivo de interesses se transforma o tempo todo. Mas o interesse sozinho, por mais atual e urgente que seja, nunca é suficiente para se tornar arte, está demasiadamente comprometido com sua funcionalidade biológica. O interesse é o fio de Ariadne com que nos orientamos para continuarmos vivos, e com isso não se brinca. Para existir arte, deve haver um desvio (uma perversão, caso se queira) do interesse, e o modo mais econômico de se tomar esse desvio é juntá-lo abruptamente com outro interesse. Inócua como parece, a operação é radicalmente subversiva, pois o interesse se define em seu afastamento obsessivo, por ser único e não admitir competência. Na origem dessa subversão está a origem da arte de fazer ou de pensar. Disso poder-se-ia deduzir uma receita para fazer literatura. Se escrevo sobre corrupção, será jornalismo ou sermão; se acrescento um segundo item, digamos arqueologia ou artrite, há alguma possibilidade de ser literatura. E assim com tudo. Se faço um jarro, por melhor que faça, nunca deixará de ser um trivial artesanato decorativo; se o acoplo a um suplemento inesperado, como a genética ou a televisão, pode então ser arte.

Mas não se trata de insistir tanto no ensaio como forma artística, porque o ensaio se apresenta melhor como conteúdo. A forma fica submetida às generalidades da lei de distorção das intenções, e sempre se admitiu que o melhor ensaio é aquele que dá menos atenção à forma, que aposta na espontaneidade com um elegante descuido. Ao contrário do romance (é o mesmo quiasma que destaquei antes), a forma, no ensaio, é o artístico que se revela no final, contradizendo as intenções, quase como uma surpresa.

A exigência de espontaneidade não é um capricho. Além do que, pode-se rastreá-la genealogicamente nas origens do ensaio como gênero, seja na antigüidade, como derivado da conversa ou da carta, seja nos ingleses do século.XVIII, como leitura casual de jornais. Foi sempre julgado com parâmetros de imediatez, de divagação reveladora, de chapa instantânea do pensamento. No nascimento do ensaio propriamente dito, em Bacon ou Montaigne, tais parâmetros sistematizaram-se como conjunção de um segundo tema, «Eu», o sujeito em busca de objetos, aderindo-se a todos os temas. A forma A e B, mesmo que não esteja no título, é onipresente, pois sempre se trata, para ser um ensaio, disto ou daquilo... e eu. Caso contrário, é ciência ou filosofia.

Diferentemente do romancista, que se debate com os temas do mundo como uma personagem interposta, o ensaísta encara-os diretamente. Isso não quer dizer que não há uma personagem, ou que o ensaísta realiza sua atividade antes da irrupção da personagem. Diria, ao contrário, que faz isso depois. Para iniciar um ensaio é preciso uma operação específica e bem delicada: a extirpação da personagem. Uma cirurgia perigosa, de alta tecnologia, pois ao mesmo tempo se tem de incluir o eu na conjunção com o segundo tema, deixando oco o rastro do prévio. É como se cada ensaio tivesse por premissa tácita um episódio anulado, que poderíamos formular nestes termos: «Acabo de assassinar minha esposa. Não suportava mais seu mau-caráter e suas exigências desmedidas. Estrangulei-a, num acesso de raiva. Passada a comoção do crime, invadiu-me uma estranha calma e uma lucidez singular, graças à qual pude decidir ser inútil tentar fugir do castigo que mereço. Para que ingressar nos embaraçosos trâmites convencionais de esconder o cadáver, buscar um álibi, mentir, atuar, se o astuto detetive me descobrirá no fim? Também se pode ser feliz no cárcere, com bons livros e tempo livre para lê-los. Assim que acionei a polícia, sentei, esperando. Enquanto não chegam, penso na relação conflituosa entre marxismo e psicanálise...» Etcétera.

Esconder o cadáver e buscar um álibi, ou seja, dispor o espaço e o tempo, são os «trâmites embaraçosos» da ficção, que fica para trás. Ou se faz isso resignado, ou se aceita o castigo por não tê-lo feito, e assim se abre, diante de nós, o vasto e gratificante campo da não-ficção. Para ampliar um pouco mais a metáfora, devemos dizer que a vítima tem por destino retornar como fantasma.

Qualquer um que se tenha educado lendo romances policiais sabe que a espontaneidade é um atributo do leitor. Fazer isso bem é colocar a espontaneidade para trabalhar como mediadora da qualidade, sob o que vale a pena o autor se revelar: a inteligência. Essa é a qualidade própria do ensaio. O contista deve conhecer seu ofício, o poeta deve ser original, o romancista deve alquimizar a experiência... o ensaísta deve ser inteligente. Um resultado da falta de mediação seria que a inteligência não se predica tanto pelo texto quanto pelo que escreve. Já não há a tela objetiva na qual podiam se manifestar o ofício, a originalidade, a experiência. A subjetividade direta se justifica como inteligência, que encontra na espontaneidade o único modo de não se mostrar ofensiva.

O ofensivo, perigo sempre latente, é ficar como um sabetudo. Esse mecanismo de subjetivação se verossimiliza nos fatos com uma exigência de elegância. Na realidade, o ensaio tem funcionado no sistema da literatura como um paradigma ou pedra-de-toque, não tanto da inteligência, mas por sua elegância. O ensaísta deve ser inteligente, mas não muito; deve ser original, mas não muito, deve dizer algo novo, fazendo, porém, com que passe por velho.

O ensaio tem algo de enunciação, algo que o narrador moderno se esforça por anular. Essas formulações antiquadas como «deixamos nosso herói em tal ou qual questão...», ou «mas os leitores estarão se perguntando...», que já não se usam mais, no ensaio persistem, pois são inerentes ao gênero. A imediatez do autor com seu tema impõe os protocolos da enunciação. Na ficção, a personagem serve para anular ou neutralizar a enunciação, convertendo tudo em enunciado. Ao se livrar desse apoio na comédia do discurso, o romance adota, esnobe, com riso de *parvenue*, todas as inovações e vanguardismos; enquanto o ensaio, gênero dândi, prefere esse sabor aristocrático alheio às modas.

A chave para se conseguir essa elegância espontânea é o prévio. Para não revelar o esforço é preciso tê-lo deixado para trás. Tudo o que é importante aconteceu antes; o ensaísta pode inserir uma certa distância com sua matéria; costuma-se dizer que a chave dos bons modos à mesa é ter fome; os bons modos do ensaísta dependem de não ter de pôr muito afinco na busca da verdade.

É bom lembrar que o ensaísta autêntico, não predicador nem publicitário, deve buscar, antes, qual verdade dizer. Mas há, então, mais de uma? Não seria contraditório com a definição da verdade, seja ela qual for? No campo do prévio, há uma verdade para cada objeto; nele, o objeto ainda não está determinado. Pois bem, ao objeto vimos chamando «tema», e dissemos que todo o trabalho do ensaísta se resume na sua descoberta, antes de se pôr a escrever.

Mas, justamente, são necessários dois termos para formar um tema. Um termo só não basta para o tema de um ensaio, a julgar pela proliferação de títulos bimembres. Se for um só, deve-se escrevê-lo, deve-se fazer o esforço, porém arriscando a elegância. Com um termo só, o ensaio ficará muito próximo da verdade, de uma verdade já dada que subtrairia méritos de novidade ao autor. É como se todos os ensaios com um tema único já tivessem sido escritos por outrem. Com efeito, o ensaio é um gênero histórico, iniciado em algum momento, por mais que não entremos em acordo sobre quando foi. E se começou, necessariamente ali, no primeiro momento, no momento em que dominou seu inventor, também ali se esgotou. Seu inventor, mítico ou real, não tinha motivos para se deter na metade do caminho, para dizer a verdade final sobre algumas coisas e sobre outras não. Podemos supor tranqüilamente ter dito toda a verdade sobre todas as coisas as quais valia a pena dizer. Esse esgotamento livrou de compromissos aos ensaístas que vieram depois, ou seja, a todos eles.

Aqui devo dizer que o prévio na literatura tem duas faces: uma boa, que nos lança ao trabalho de escrever, outra má, que torna inútil tudo o que se escreve, banhando-se na luz divina da redundância. Em seu lado bom, o ensaio é o gênero mais feliz. A felicidade existe em razão direta com a liberdade que nos permite exercer num momento dado. Ao não ser obrigatória, por sorte, a literatura guarda em sua origem a livre escolha. Depois, a margem de liberdade se estreita. Aquele que escreve durante um longo período, inevitavelmente verá sua liberdade se reduzir cada vez mais. Mas aí está o ensaio, para nos devolver a fortuna das origens, ao julgar-se no campo da escolha prévia, onde está o tema. (Entre parênteses, creio que o tema não se escolhe, mas o contrário: onde ainda há tema, continua havendo escolha e, portanto, liberdade.)

Um convidado de última hora, a essa altura, é o crítico. Mas ele não esteve ausente em tudo o que disse até agora, porque o crítico é essencialmente ensaísta. O crítico que deseja ir além da descrição e explicar de onde saíram os livros que leu, terá de retroceder à sociedade e à História que os produziram. E a regra, a que obedece a felicidade de nosso ofício, deseja que a cada vez que da literatura se retorne ao prévio, que se faça isso escrevendo ensaios.

A CIDADE E O CAMPO

Encontrar um cenário onde situar a ficção é a metade (ou mais) do trabalho do narrador. A cena física estabelece a cena humana, e a coincidência das duas ocasiona a peripécia. Em grande parte, o trabalho de escrever uma ficção consiste em criar as condições para que a ficção se faça sozinha. E esse trabalho de criação, vale dizer, é feito sob condições que põem o autor na História.

O histórico opera como um marco regulador da verdade. E em se tratando da verdade, a ficção (isto é, a anedota, objeto do trabalho do narrador) tornará particular o geral (o cenário escolhido). Assim, o relato se beneficia de uma «verdade» prévia, embora sempre corra o risco de se tornar um exemplo. Um escritor, com todos os seus livros, pode ser um exemplo de uma verdade, ou uma verdade em si — ou seja, uma verdade nova, o que vem a ser uma espécie de oxímoro que define a peculiaridade da literatura.

Há cem anos, os escritores latino-americanos estavam aprendendo o ofício; por outra, talvez se devesse dizer que as sociedades latino-americanas estavam aprendendo a produzir escritores. Pela lei do menor esforço, nesses casos a tendência é tomar cenários já sistematizados aos pares, cujo contraste dita os traços pertinentes: cidade/campo, ricos/pobres, passado/presente, Europa/América, liberais/conservadores etc.

Em cada literatura nacional latino-americana, do México à Argentina, esses pares se modularam de forma distinta.

Tomemos o par cidade/campo, um dos mais produtivos de todo o continente. O campo e a cidade são cenários já formalizados e com longa tradição, que remonta ao «menosprezo de corte e alabança de aldeia»[1], e, antes disso, à literatura greco-latina.

Para torná-lo operacional, é preciso elencar quatro termos, campo, cidade, homem do campo, homem da cidade, e combiná-los, de modo a formar os quatro temas básicos. Há, é claro, dois níveis de produtividade distintos. Se o cidadão está na cidade e o camponês no campo, a peripécia fica por inventar, e para isso se recorre a elementos psicológicos ou sociais. Se as personagens circulam e passam ao campo oposto, isso já é uma peripécia e, de certo modo, uma ficção, ou arquificcção, talvez o modelo original de toda ficção possível.

O tema do camponês na cidade é o mais tradicional, e também o mais «normal», já que possui por referente um processo histórico de urbanização ou migração às cidades que realmente se deu e que continua acontecendo. Seu oposto, o cidadão no campo, de preferência acentuado como pedante e intelectual, é, pelo contrário, uma inversão, e como depende de referentes menos universais, bem mais interessante historicamente: é preciso sempre verossimilizá-lo em particular. No primeiro caso, simplesmente se aplica o mito e o trabalho já está feito, como na comédia dell'arte. No segundo, trata-se de mitos novos, ou seja, de História.

No Rio da Prata, o contraste campo/cidade foi mais forte que em qualquer outro país do continente, isso pela existência de grandes cidades européias, o peso social da classe média que as habitava e pelo tipo de exploração extensiva do campo. Campo e cidade foram duas civilizações distintas com culturas autônomas.

Sobre as décadas 1870-1880, o dispositivo cidade/campo ocupa toda a literatura do Prata, a ponto de podermos afirmar tratar-se da face literária do processo de criação da nacionalidade. Por definição, o romantismo trabalhava com pares míticos; nessas décadas, a literatura séria, obrigada a tomar distância do romantismo, começa a dar realidade aos termos da combinatória.

O velho tema do camponês na cidade aparece classica-

---

[1] Referência ao livro de Antonio de Guevara (1480-1545), *Menosprecio de corte y alabanza de aldea*, Valladolid, 1539. (Nota do Tradutor.)

mente no *Fausto*, de Estanislao del Campo, de mito a mito. O *ready-made* exime-o de recorrer à cor social reivindicatória que deve sim utilizar contemporaneamente o tema do camponês no campo, cujo modelo é fixado em *Martín Fierro*.

O equivalente urbano da literatura gauchesca é o naturalismo, ao fazer do objeto de seu olhar um sistema cultural completo e alheio. Em Zola, figura e fundo interagem num estilo que obtém toda a sua poesia das ressonâncias entre as vibrações de cada um. Em seus discípulos, o método não poderia senão degenerar na colagem e na caricatura; as personagens acabam desfilando seus dramas genéticos por cenários escolhidos ao acaso, e os sucessivos lances de dados esboçam o mapa ideológico do autor. É o caso de Eugenio Cambaceres, que preenche, com breves romances dos anos 1880, os arquivos do homem da cidade, no campo e na cidade. Em *Sin rumbo*, o homem da cidade traslada ao campo seu tédio e seus maus modos simplesmente porque pode: o campo é seu, e o único modo de anular esse dado, à espera da Revolução, é o suicídio. *En la sangre*, em contrapartida, tem por protagonista um homem da cidade que não é proprietário do campo, e essa circunstância, dadas as condições do naturalismo adaptado à Argentina, deixa-o definitivamente fora de lugar. Daí que o único caminho que lhe reste seja a violência genética, sob a forma da sedução de uma herdeira de propriedades rurais.

Uma vez estabelecida a nacionalidade e dividido o campo por toda a eternidade de uma *belle époque*, a ausência dos fazendeiros, somada à grande latitude do Prata no contraste campo/cidade, dá a esse par um semblante abstrato que, a meu ver, é responsável pelo tom intelectual e especulativo que singulariza a literatura do Prata no contexto latino-americano.

Vejamos como evoluiu cada um dos arquivos cinqüenta anos depois. Um deles se extinguiu, o do homem do campo no campo: era insustentável, ficando a cargo das chamadas literaturas regionais, que existiram justamente com esse objeto. Do Uruguai, que não é tão grande a ponto de possuir regiões, sobreviveu o «crioulismo». Se em Juan José Morosoli a vida rural tinge-se de um melancólico fatalismo oriental (todo o encanto desse autor está nessa redundância de homem do campo que vive no campo), nessa peça culminante que é «¡Qué lástima!», de Espínola (1933), a tensão cidade/campo (embora a cidade tenha sido relegada aos confins quase impensáveis de uma nostalgia infinita) se reproduz em outra tensão de opostos bastante reveladora: a ironia comovente. Todos os crioulistas uruguaios apontaram seu trabalho à experimentação com a emoção profunda, o que os reduzia a uma repetição da paisagem no homem. Mesmo sendo um programa minimalista, teve um desenvolvimento prolongado, já que suas premissas orientavam uma elaboração minuciosa, e o próprio Espínola tomaria de si nada menos que vinte e cinco anos, depois de «¡Qué lástima!», para dar por encerradas as três ou quatro páginas de sua transcendental obra-mestra, «Rodríguez», na qual reescreve o Fausto, crioulo ou não-crioulo, encerrando com o triunfo do camponês a identidade campo-campo.

O outro arquivo do homem do campo, de sua visita à cidade, também se extinguiu enquanto tal para os anos 1920. Transformou-se no «provinciano na cidade», ou seja, em Buenos Aires, e também no imigrante na cidade (do campo à cidade, mas o campo, no caso, são as aldeias de Galicia e Abruzzos). Nessas condições, a cidade é a máquina de moer carne, carne nova, segundo o modelo brutal e da literatura popular de *El mal metafísico*, de José Gálvez.

Quanto aos outros arquivos, do homem da cidade, suas mutações geram grande parte da literatura argentina do século XX. Na realidade, fundem-se num só rótulo. O homem da cidade vive na cidade já definitivamente, o campo sendo um espaço imaginário de fuga e redenção. O modelo ficou estabelecido por *El juguete rabioso*, de Arlt, em que o campo é «o Sul», instância puramente direcional ou, em todo caso, climática.

Don Segundo Sombra é outro modelo, desta vez da prosopopéia e da ventriloquia, mecanismo natural da literatura de intenção social (segundo a sinistra voz de ordem: «dar voz aos que não têm voz»). Se na gauchesca o autor culto falava com a voz real ou suposta do homem do campo, Güiraldes dá uma volta de parafuso, fazendo com que este fale como ele, numa transcendência da ventriloquia, recuperando sua própria voz culta mediante a mágica genética. Pela migração dentro de um mesmo sujeito, antecipa o gênero fantástico: o seu é uma metamorfose terrorrista intrasubjetiva.

A dicotomia romance bom/romance ruim, de Macedonio Fernández, guarda parentesco com o par campo/cidade. No «primeiro romance bom», as personagens da cidade vão ao campo preparar o assalto *angélico* à cidade; no «último romance ruim», personagens da cidade, que não saem dela, já criaram as condições de bondade propostas no outro modelo. No nível das histórias, *Adriana Buenos Aires* é posterior à *Novela de la Eterna*. Mas por que este é «bom» e aquele «ruim»? Porque o que torna ruim a literatura é a aceitação do cenário e das condições que este lhe impõe, e o que a torna boa é o processo de sua gênese; isso deveria ser levado a sério, coisa que nem sempre acontece com essa dicotomia macedoniana.

O matiz intelectual, especulativo, que é a peculiaridade da literatura argentina e do qual Macedonio assinala o limite a que Borges teria de transpor, se reflete nesta frase: «Se pudesse passar uma hora deitado no chão, de boca para cima, em pleno campo, desvendaria o enigma do Universo».

O projeto de «volta ao campo» sofre uma mutação igualmente (ou mais) especulativa no romance *El paisano Aguilar*, de Amorim: o homem da cidade que se embrutece no campo — onde, a rigor, teria ido se refinar. O livro fracassa, mesmo sendo legível, porque a idéia de «camponificação» é cômica; Amorim, aliás, era um homem resistente ao humor, apesar de encarnar (ou justamente por isso) o paradoxo essencialmente cômico do milionário comunista. Também tinha reservas ao humor o argentino Benito Lynch, que desenvolveu o projeto de escrever um *Martín Fierro* romance, no *Romance de un gaucho*, assumindo a prosopopéia sem mudança genética; no seu caso, o resultado é ilegível.

Bioy Casares tocou no tema da camponificação, num conto em que um jovem escritor se retira ao campo, em busca de sossego e da concentração de que necessita para compor sua obra filosófica; em alguns poucos anos acaba por se transformar num camponês rude e semi-analfabeto. Aqui, o tratamento é humorístico: não no relato em si, que é bem mais melancólico, mas no projeto, que ao retomar o formato conto, conatural a Bioy, pode se limitar tão-somente à idéia que o gerencia, uma espécie de chiste.

O humor sempre indica um esgotamento. E, com efeito, a partir dos anos trinta a relação campo/cidade deixa de ser produtiva na literatura argentina, em sua corrente principal. Mas como nem sempre se necessitam elementos previamente sistematizados para sustentar a economia da imaginação, o fim da civilização de contraste, o arquivo do campo, do gaúcho, de sua linguagem e da conseguinte possibilidade da prosopopéia não pode ficar vazio. E está efetivamente ocupado pela classe média, como demonstra o próprio Bioy Casares.

Bioy Casares é um caso raríssimo, ainda que não o único, de um autor pertencente à classe alta que não renuncia nem põe em dúvida, um instante que seja, esse pertencimento que ambientou seus romances da fase adulta, sem exceção, na classe média baixa, classe que não conhecia sequer remotamente; na exibição desse desconhecimento baseia seu estilo. Teve de inventá-la a partir de informações soltas, recolhidas ao acaso, prejuízos e contrastes, exatamente como se fazia no par cidade/campo. Que nos contos tenha se permitido alguns quês da classe alta à que pertencia, isso se deve porque, no conto, o cenário não tem tanta importância, a anedota podendo ir além. Já no romance o cenário cresce, a ponto de ser necessária a migração: são tantos os detalhes da realidade com os quais é preciso lidar que não seria possível fazê-lo na ausência de seu par contrastante, pelo qual se identificam os elementos pertinentes.

Entre parênteses, digamos que a literatura argentina pode exibir o caso oposto, justificável mais pelo esnobismo e pela torpeza de um escritor de classe média, Sábato, cuja obra romanesca está centrada exclusivamente em protagonistas da classe alta, com sobrenomes patrícios. Em Sábato, o desdém paternalista de Bioy Casares se transforma em ódio, concentrado nos sobrenomes italianos de suas personagens patéticas.

É claro que não é necessário pertencer à classe alta para

recorrer à mitologia da classe média como termo migratório na ficção. É o caso de Cortázar, biograficamente membro da classe média, que ao efetuar a prosopopéia se vê levado a uma descorporização total do autor.

Aqui é onde intervém o fantástico. Trata-se, com efeito, de uma literatura de fantasmas. O fantástico não é uma opção genérica dentre outras, mas o mecanismo obrigatório com o qual se deve fazer avançar a ficção quando o cenário deixa de ser topográfico para passar à luta de classes. As classes sociais são um agravante especulativo do cenário: são mundos distintos, escritos sempre a partir de fora. Aí atua o exemplo representativo porque, para colocar uma simples réplica na boca de uma personagem, ou a ela atribuir determinada reação, tem-se de imaginar a totalidade que esse detalhe representa, ou que qualquer outro detalhe poderia representar. O fantástico é o mecanismo natural desses mundos alternativos.

É um pouco abusivo, sem dúvida, tomar como exemplo esses autores derivados como Bioy Casares ou Cortázar. Mas o que os faz indefensáveis ideológica ou esteticamente é também aquilo que os torna exemplos, ou seja, peças intercambiáveis numa demonstração. Tornam-se exemplos ao representar um processo histórico, mas isso os coloca à margem da história, porque um fato histórico nunca é apenas um exemplo, mas a coisa em si, da qual todo o resto será exemplo confirmatório.

Bioy Casares e Cortázar derivam de Borges exatamente como Cambaceres deriva de Zola, porém, com uma diferença-base. Enquanto Borges emprega o fantástico para representar com elementos de ficção os mecanismos constitutivos da literatura, seus discípulos empregam-no para dar voz a um sujeito fantasmagórico. É isso o que os torna exemplos ou sintomas do processo histórico, desponjando-os, contudo, de realidade histórica. Borges preencheu o vazio entre cidade e campo com a literatura em si mesma, com a possibilidade inesgotável de uma prática.

Pediram-me tentar esboçar um paralelo entre o Rio da Prata e o México. Seria muito arriscado fazê-lo nesse aspecto, ou em qualquer outro, mas é possível tentar, ao modo de um jogo pueril de equivalências, a partir da suposição, demonstrável talvez, de que no México não houve um vazio entre cidade e campo, mas sim um contínuo, cujo veículo foi a violência. Sem o vazio, não há espaço para especulação intelectual na literatura, e esta, por isso, assumiu uma tonalidade mais sensorial. O camponês não visita a cidade num trem humorístico; nela entra a sangue e fogo. Caso queira fazer a visita convencional, deve desencarnar-se como manequim abstrato de «primo do campo» em *Nueva grandeza mexicana*, de Salvador Novo. O camponês armado de Mariano Azuela é o *Martín Fierro* mexicano. O equivalente da versificação em *Los de abajo* é a sucessão de situações revolucionárias, as quais se tornam paradigma do gênero; por isso adquirem a monumentalidade equivalente ao verso. Não sei se terão reparado nas curiosas semelhanças entre *Los de abajo* e *Martín Fierro*, que em certas passagens chegam ao decalque — por exemplo, quando Demetrio Macías repete quase literalmente uma estrofe de Hernández: «Yo soy de Limón... Tenía mi casa, mis vacas, y un pedazo de tierra para sembrar...». São nostalgias universais, concordo, mas para que o universal aconteça, deve haver sujeitos históricos que o manifestem em ocasiões pertinentes, o que justifica, de algum modo, a busca de equivalências.

No México, uma vez preso o camponês à máquina histórica da cidade, a oligarquia vencedora celebra seu triunfo fazendo-o participar de uma dança de fantasmas. *Pedro Páramo* é o *Don Segundo Sombra* mexicano (os dois são típicas «pontes de prata»), salvo que na Argentina (onde, na realidade, não haveria nada o que festejar) a operação é menos truculenta. (Ou seja, de Güiraldes se pode dizer tratar-se de um escritor de segunda.)

Faltaria o Borges mexicano. Poria nesse lugar Elena Garro. Tanto num como noutra há a mesma superação transcendente do par campo/cidade. (O mesmo em Espínola.) A reinvenção da literatura em Borges se transpõe em Elena Garro na prática do romance codificado, que esta levou à expressão máxima, uma privatização biográfica da violência nacional.

E aqui poderia terminar, na alusão a um dispositivo mediador de cidade e campo: o piquenique. Tal como a de Denton Welch, poeta e mártir do piquenique, a obra de Elena Garro é a revelação detalhada, quase obsessiva, dessas saídas da cidade em busca do «dia memorável», que será a matéria e a forma da literatura. Com duas diferenças. A primeira, de índole geral, é que enquanto para um inglês o piquenique pôde ser uma bucólica individual, na América teve de ser uma épica político-histórica, como mostram, aliás, muitas jornadas realmente memoráveis, de *Una excursión a los Indios Raqueles* (Lucio V. Mansilla) a *Os sertões*, ou, pelo contrário, desde *El cautiverio feliz*, de Bascuñan, a *Antes que anochezca*, de Reinaldo Arenas. A segunda diferença, própria e peculiaríssima de Elena Garro, é que nela os piqueniques são irreversíveis, ou seja, que uma vez abandonando a cidade, é impossível voltar a ela. Nunca. Após efetuar, mediante o romance em clave, a superação do individual e do coletivo, da experiência biográfica e da luta de classes, Elena Garro impõe a essa dialética a direção única da tragédia, com o que entra na História, e fecha, momentaneamente, o ciclo de transformações do par cidade/campo.

EXOTISMO

A prosa cristalina do Século Clássico é o comentário perene de uma imagem luminosa, um cristal, que nos diz o que será possível ver sempre: o Homem. Os Universais concentram-se nessa figura, todo o resto descende do mundo sublunar. «Sou homem antes de francês, e francês apenas por casualidade», dizia Montesquieu. A Razão coloca a nacionalidade sob o signo da contingência e do acaso. O necessário, a transparência do Homem se difunde no movimento ondulatório do Saber absoluto a partir de um centro diamantino. Montesquieu continua: «Se conhecesse algo que fosse útil a mim e prejudicial à minha família, tiraria isso da cabeça. Se conhecesse algo útil à minha família, mas não à minha pátria, procuraria esquecer. Se conhecesse algo útil à minha pátria e prejudicial à Europa, ou que fosse útil à Europa e prejudicial ao gênero humano, consideraria um crime». Esse diagrama de inclusões progressivas é o emblema do Homem; a figura se desenha no céu das idéias (seu desdobramento não é astronômico, mas geográfico), tendo no centro a Europa, mais exatamente Paris, a linha de sua espiral correndo sobre mares e terras, cuja realidade se constituirá, precisamente por esse dispositivo, num enigma permanente.

Montesquieu, um dos pais fundadores do Homem, assenta as bases racionais do estudo das instituições do mundo moderno, cria as ciências sociais e durante o processo inventa um gênero literário, o «romance exótico». Rica e Usbek, protagonistas de suas *Cartas persas*, podem ver a Europa como ninguém viu antes — como, aliás, não podem vê-la os próprios europeus, que são parte inseparável do fenômeno Europa. Sua condição de estrangeiros permite aos persas passarem do «ver» ao «enxergar», com o que poderão fundamentar um precedente. Depois deles, o pressuposto ineludível da ciência e das artes será a escopia.

Mas os persas não são reais; são o dispositivo que Montesquieu inventa para gerar a escopia. Com esse dispositivo nasce algo novo: a ficção como auxiliar do pensamento. Daí em diante, para pensar será preciso impor uma ficção, um «como se...» a partir do qual a modernidade desdobrará todas as suas cores. Dele nasce o romance moderno, mas também as chamadas «ciências sociais», cuja origem comum não foi suficientemente destacada. O uso da hipótese, da experimentação, tem sua origem no «como se...», do qual o romance nasce.

Como ver a sociedade que me rodeia sem supor a mim mesmo como estrangeiro, louco, ingênuo, gigante, artista...? Devo fazer «como se» fosse outro. E assim o romance se apodera a tal ponto de mim que na realidade acabo sendo outro, irremediavelmente marginal. A transformação se completa num dos mais belos romances dessa tradição, O ingênuo, de Voltaire, quando, no fundo de um calabouço, o hurão descobre o mundo dos livros, tornando-se um estrangeiro definitivo: o sábio, o leitor.

O gênero exótico provém dessa colaboração entre ficção e realidade, sob o signo da inversão: para que a realidade revele o real, deverá se tornar ficção. A inversão se dá naturalmente e o persa, na França, não demora em ser francês na Pérsia. O «estrangeiro» vira «viajante».

Estes dois estágios não fazem mais que colocar em imagens processos inerentes à literatura. O «estrangeiro» que contempla meu mundo habitual não é senão eu mesmo enquanto escritor, fazendo meu trabalho de estranhamento e descobrimento. E o «viajante», por sua vez, não é outro senão aquele que regressa contando o que viu nas ilhas curiosas de sua fantasia, seu destino, seu estilo. Mas, de repente... (e esse inesperado tem data, o século XVIII, quando a viagem, imemorial nos fatos e livros, começa a se articular em formato de Razão, entre fatos e livros...) de repente essas terras longínquas estão no mundo, Pérsia, África, América, Taiti, China... Estão realmente no mundo, são literatura *ready-made*; basta apenas ir vê-las.

O país distante é um cenário de fantasia, já criado... Um *objet trouvé*. Um procedimento vanguardista, poderíamos dizer, que deveria valer apenas por sua invenção e ser utilizado uma só vez. Quando os romances com o mesmo mecanismo se multiplicam (e isso se dá num volume considerável), seu mérito perde valor; disso se tem o gênero exótico tal como o conhecemos: o exotismo como moda, frivolidade, tolice.

Pior que isso: o exotismo se torna comercial. Já no século XIX, é o tipo de iniciativa tomada apenas por dinheiro. Não deveria nos surpreender que o gênero ocupe a zaga da expansão capitalista. Do primeiro estágio (o persa em Paris) ao segundo (o francês na Pérsia), há uma passagem da *produção* ao *produto*. O primeiro era uma metáfora do escritor em seu trabalho, estranhando a si próprio para fabricar um olhar; o segundo é a máquina de fazer literatura sem esforço, saltando para além da invenção, deixando-a a cargo do mundo. Trata-se da transformação do livro em mercadoria e da conseguinte aparição em cena do leitor, o consumidor.

Com a entrada do leitor se cristaliza o terceiro estágio do exotismo: o persa que vende aos leitores franceses uma Pérsia «persa», colorida, diferente, exótica. O escritor se utiliza de um estranhamento *ready-made*. Um duplo *ready-made*: não só a matéria, mas também o sujeito que a expressa. O procedimento se completa. Já não é preciso viajar nem importar nativos. O persa em Paris e o francês na Pérsia convergem no mexicano serviçal, a quem não falta a consciência de estar vendendo seu país por trinta moedas. Mas não devemos nos apressar no julgamento: se fizéssemos isso, estaríamos caindo no jogo da sua má-consciência.

E assim chegamos à nossa situação atual. Em nosso clima de exigência e de consciência exacerbada (que é sempre má-consciência), no que se transformaram esses três exotismos? O primeiro, do estrangeiro em nosso mundo cotidiano, tornou-se ciência, abandonando o campo da literatura. O segundo, do «viajante», no simples transcorrer das fronteiras degenerou em gênero, no pior sentido da palavra: literatura de gênero, literatura comercial, ficção científica ou fenômenos paranormais, viagens no tempo ou regressos da morte. As viagens, simplesmente, tornaram-se cada vez mais distantes, a lógica do consumo fez com que o público pedisse exotismos cada vez mais esquisitos.

E o terceiro, do «persa profissional»? É o mais incandescente porque, em boa medida, é o que nos qualifica. Internou-se nos labirintos da nacionalidade e ali permanece.

Todo esse processo é um epifenômeno da criação de novas nacionalidades, tendo lugar durante o século passado. Uma vez criadas, as nacionalidades se fetichizam como mercadorias (essa, aliás, poderia ser a fórmula definitiva do exotismo: a fetichização da nacionalidade), exibindo-se num mercado global cujas técnicas de promoção e venda, cujo «marketing» tem um nome: exotismo.

Como vive e opera o escritor nesse mercado? A má-consciência faz hora extra. Os escandinavos reclamam bens tropicais. O que fazer? Dá-los ou não?

É bem conhecida a postura de Borges nesse ponto. Exprimiu-a na famosa parábola dos camelos do Alcorão: no Alcorão não há camelos porque Maomé era um árabe autêntico (não um francês disfarçado de Maomé), ou seja, os camelos não chamavam sua atenção; não os via diretamente e por isso não os registrava, não tinha olhar. A moral seria a de que o árabe autêntico expressaria uma Arábia autêntica, enquanto o «árabe profissional» poria no mercado uma Arábia embalada a vácuo. Vale dizer, uma que pudéssemos reconhecer.

Mas a má-consciência está na base do raciocínio de Borges. Sua receita, em última análise, não faz mais que separar o bom do mau profissional, o sério e confiável do incompetente.

E assim suspeitamos que ser um bom profissional da arte não equivale a ser um bom artista. Depois de tudo isso, já não podemos raciocinar muito bem a questão porque se trata, justamente, de escurecer o cristal da Razão. Não podemos ser tão sérios sem renunciar a literatura. Se no fundo temos de confessar que a literatura é uma espécie de perversão, de jogo louco, nossos melhores silogismos invariavelmente se deslocam. Mesmo esta história do exotismo parte de uma brincadeira, de um quebrar as regras do jogo limpo. Quem mandou os escritores utilizarem os países distantes como *ready-made* literário? Ninguém, é lógico. É o vanguardismo como tentação, como jogo perigoso que atenta contra a persistência do próprio jogo. Mas é também aquilo que torna interessante continuar jogando.

Há algo mesquinho no veto borgeano aos camelos. O que se exige do escritor é *autenticidade*, dando por certo se tratar de um valor positivo (e deve ser, com certeza). Só que o artista é artista justamente da transmutação dos valores. E se ele prefere ser inautêntico? Ninguém pode impedi-lo. Do contrário, estaríamos confundindo as virtudes cívicas com as artísticas.

O mito que subjaz toda essa dialética é o do Homem, o Homem que só por acaso é francês ou persa ou argentino, bem como o único suporte de predicados, como a Autenticidade. Acredito que em algum ponto do caminho descobrimos que um escritor pode ser apenas francês ou persa ou argentino, nunca Homem. A literatura se apóia nesse acaso, e o exotismo, essa velharia da má-consciência, manteve com vida o jogo precário da literatura.

Com a ajuda de alguns exemplos vejamos essa velharia, o exotismo, em sua pior forma — mas que é, por efeito da transmutação dos valores, também a melhor. A primeira e última coisa que a boa consciência tem de reprovar no exotismo é sua *superficialidade*. Por outra: sua *frivolidade*. Na superfície não há expectativas de pertinência, o trivial está no mesmo plano do importante, as estruturas de parentesco valem tanto como um arranjo de flores, um terremoto é substituível por um arco-íris no céu crepuscular. A escolha de dados é esteticizante, irresponsável, desordenada. É quase o limite da provocação num autor paradigmático do exotismo decimonônico, Pierre Loti, em qualquer um de seus muitos romances, *Mme. Chrysantheme*, por exemplo. Loti viaja ao Japão e nos fala do mobiliário, indumentária, decoração, comidas, cores... O que brota daí é um Japão de estampa... bem diferente, ao fim das contas, do Japão «semiológico» de Barthes, cujos elogios à irresponsabilidade militante do artista subscrevera Loti. É lógico que para dar um retrato pertinente do Japão se tem de partir das estruturas sócio-econômicas, históricas... Mas Loti não tem tempo: o exotismo é o instante da constituição do olhar; seu Japão é instantâneo, como o sertão do bobo em «O recado do morro»: suas descrições são tão inúteis para os viajantes quanto as de Loti são para os inversores.

Houve autores, contemporâneos de Loti, que trataram de contradizer essa má fama. É o caso de Segalem. Sua estratégia se aproxima à da ciência, sem contudo passar por ela. Segalem legitima a si mesmo tornando-se chinês. A diferença aqui está entre o sinólogo e o chinês. Diante da acumulação de *chinoiseries* praticada pelo exotista, tudo indica que o melhor caminho é se tornar sinólogo. Tornar-se chinês, ao contrário, é o caminho artístico, aquele que ninguém apontaria como «bom». A busca de legitimação do artista perante a ciência ou a filosofia se manifesta na afirmação de seus direitos. O direito à inautenticidade, por exemplo, ou à transmutação dos valores em geral. A legitimação tem em vista o lugar do artista na sociedade. O exotismo, por sua vez, ocupa-se especificamente de posições: começa inventando um indivíduo único e heterogêneo numa sociedade funcional, e por um mecanismo inverso e complementário, inventa logo uma sociedade «artista» (o Japão de Loti, ou o de Barthes) onde o único elemento heterogêneo é o estranhamento do olhar que a expressa.

Virar chinês é se tornar escritor. Quem dá esse passo é um terceiro contemporâneo, Raymond Roussel. Roussel vai mais longe que Segalem ao rechaçar seu espiritualismo, sua profundidade. Entre Segalem (que se instala na China, aprende chinês, vira chinês...) e Roussel (que dá a volta ao mundo fechado no camarote do barco) corre toda a distância existente entre a profundidade e o deslizamento. É um regresso que se desvia da superficialidade de Loti (a quem Roussel admirava imensamente, a ponto de afirmar que «seu nome só podia ser pronunciado de joelhos»).

Caradec, biógrafo de Roussel, considerava-o «desprovido de todo e qualquer poder de observação», ao comprovar não existir descrições realistas em qualquer relato cujo ambiente fosse uma das localidades onde Roussel veraneava. Notável absurdo. Acontece que Roussel deu toda a volta, convertendo em genuíno saber literário o reconhecimento pelo qual fica cifrada toda a miséria do exotismo, seu pecado original.

Porque a pobreza final do exotismo está aí: no ponto mais afastado de sua viagem, nos antípodas, o exotista se limita a reconhecer aquilo que vê, que já tinha visto, que já sabe, e nada mais. Levada às suas últimas conseqüências, a lógica do exotismo deveria revelar um estranhamento radical, que não entrasse nos moldes mentais ou lingüísticos do autor. Ao chegar lá, no trópico ou na ilha perdida, não deveria encontrar o que já conhece, mas algo tão diferente que só uma nova língua, um novo saber poderia dar conta. Ou, em todo caso, deveria se reduzir ao silêncio ou balbucio, que é o que acontece a Stendhal ao chegar na Itália, no final de *Vida de Henry Brulard*.

Mas vejamos um exemplo do outro lado, do nosso lado, para aplicar estes meus balbucios. Tomemos um de nossos livros sagrados, cujo nome não podemos pronunciar senão de joelhos: Macunaíma. Aqui também reina a superfície, a imensa desorganização do pertinente e do insignificante, o riso que desorganiza os saberes, o capricho estético. Dir-se-ia tratar-se de um Loti no Brasil, mas um Loti sonhado por Roussel, pois o reconhecimento foi suplantado pela invenção total. E Mário não teve de ir a lado algum, sequer fechado em seu camarote. O americano não precisa viajar tanto como o europeu; em seus países desconexos, por fazer, encontra metades exóticas olhando pela janela. A esse outro país, dentro do seu, pode-se atribuir um sinal negativo (a barbárie, como em Euclides ou Sarmiento) ou positivo (a selva edênica de *O guarani*). Seja como for, esse outro país se torna «outro» absoluto, literatura, tal como a infância, o amor.

Que diferença há entre *Macunaíma* e *Mme. Chrysantheme*? Deixemos de lado as intenções, que nos desencaminham num labirinto de suposições. Tampouco seria correto apelar de entrada à qualidade; é óbvio que *Macunaíma* é uma obra-mestra e *Mme. Chrysantheme* um romancezinho vulgar de consumo; mas o juízo de qualidade deveria vir no final, como um resultado.

A diferença se resume neste fato misterioso: Mário é brasileiro, Loti *não é* japonês.

Pois bem, isso não deveria assinalar uma vantagem para Loti? Não seria Mário quem manipula um *ready-made*, ou em todo caso um *fait accompli*, como sua «brasilidade»? Acho que não, toda a vantagem permanece do lado de Mário por um detalhe-chave: Loti, em seu rol de produtor de livros para leitores que os reivindicam, pôs a literatura ao lado do *status quo*, utilizando-a para *não* se tornar japonês e continuar sendo francês, enquanto Mário fez de sua obra uma máquina para se tornar brasileiro. É claro que ele já era brasileiro, mas isso é o que a modernidade lançou à contingência e ao acaso; para tornar esse dado inteligível, o brasileiro deve fazer «como se» fosse brasileiro. Na realidade não há outro modo de sê-lo. As certezas do pensamento tingem-se de ficção para entrar na vida. E esta é a última definição com que trabalho: a literatura é o meio pelo qual um brasileiro se torna brasileiro, um argentino um argentino. É o necessário para que o Brasil se transforme em Brasil, para que a Argentina chegue a ser a Argentina. Em última instância, para que o mundo se transforme em mundo.

E não falo de chegar a ser um brasileiro ou um argentino *de verdade*, genuíno. A autenticidade não é um valor dado de antemão, à espera do indivíduo para ocupá-lo. Ao contrário, trata-se de uma construção tal como o destino, ou o estilo. Não se trata apenas de ser argentino ou brasileiro, mas de inventar o dispositivo pelo qual valha a pena sê-lo e viver uma vida sendo.

Não se pode negar que países como os nossos, historicamente novos, oferecem melhores condições para pôr em marcha esse mecanismo ao conservarem um *quantum* de não-inventado. Isso também foi feito em países mais velhos, em nações já encerradas em seu universalismo. Na própria pátria do Homem, aliás. *Mme. Bovary*, por exemplo, romance tão parecido com *Macunaíma*: o mesmo rastreio da nacionalidade a partir de mitos, o mesmo tratamento científico dos estereótipos... Mas fica uma diferença essencial: Flaubert se torna francês no desprezo, enquanto Mário se faz brasileiro no amor. O exotismo horroroso das cidades francesas de província se enclausura com a idiotice, a morte. E assim volta a se abrir o caminho para novas superfícies, novos deslizamentos, que estão longe de parar.

BEST-SELLER E LITERATURA

Sobretudo, e mesmo que não seja para atenuar a habitual confusão que reina sobre a matéria, conviria levantar uma diferença entre dois usos da palavra *best-seller*: o primeiro e mais natural, que se poderia dizer «etimológico», o do livro mais vendido. Sobre isso, obviamente, não há nada o que dizer: qualquer livro pode, em determinado momento, vender mais que outro, ou mais que todos os outros. As circunstâncias mais diversas, a moda, a atualidade, a casualidade podem levar a esse resultado. O outro sentido, sobre o qual sim conviria pensar um pouco, é o do *best-seller* como gênero específico: o livro, geralmente em forma de romance, confeccionado com vistas ao consumo de um público imediato.

Na realidade, ambos os sentidos da palavra podem se reconciliar se afinamos um pouco a tradução. *Best-seller* não é exatamente o mais vendido, mas o que vende melhor. Porque não conta apenas a quantidade, mas uma qualidade capital da venda: a velocidade. Daí ser um equívoco dizer que os maiores best-sellers são a *Bíblia* e o *Quixote*. É certo que esses livros foram vendidos numa quantidade incalculável (ainda que no caso da *Bíblia*, para sermos justos, teria de se descontar os exemplares presenteados com fins de evangelização), mas se a venda se realiza ao longo de mil anos, ou de quinhentos, o negócio se dilui. Ficaríamos, assim, com uma definição unificadora de *best-seller*: o livro que se propõe, e consegue, ser vendido muito e rápido.

Nessas condições, falar de *best-seller* equivaleria a falar de qualquer outro produto. Outra consideração sobre o assunto, no entanto, realizada em termos mais estritamente literários, pode sim interessar.

Os termos literários, convém esclarecer, não são termos morais que, de modo geral, se ocupam do *best-seller*. O moralismo, que ao falar do *best-seller* desemboca bem rápido no alarme, é completamente injustificado aqui. A literatura sempre foi uma atividade minoritária, por mais que façam escritores ou editores. É difícil, na realidade, ver o que os escritores ganhariam caso sua atividade deixasse de ser minoritária; essa fantasia sim contém motivos de alarme, se pensarmos às custas do que poderia dar-se a ampliação social da literatura.

O *best-seller* é a idéia, frutificada em países da área anglofalante, de se montar um entretenimento massivo que tenha a literatura como «suporte». É algo assim como literatura destinada à gente que não lê literatura, nem quer (e a quem, é bom lembrar, não se tem de reprovar nada: seria como reprovar a abstenção de quem não pratica caça submarina; além disso, entre aqueles que não se interessam por literatura, conta-se noventa e nove por cento dos grandes homens da humanidade: heróis, santos, descobridores, estadistas, cientistas, artistas; a literatura é de fato uma atividade *muito* minoritária, mesmo que não pareça). O *best-seller* é material de leitura para gente que, caso não existisse esse material, não leria nada. Daí se deduz a falta de justificativa dos alarmes. Acreditar que alguém possa deixar de ler Henry James para ler Harold Robbins é uma ingenuidade; e caso não existisse Harold Robbins, seus leitores desocupados não leriam Henry James. Não leriam nada, simplesmente.

A reflexão a que o *best-seller* convida é outra. Esses romances fáceis e massivos são a mistura perfeita para fazer visível esse algo tão misterioso que é a literatura propriamente dita, o literário da literatura. Ao apresentar um produto literário semelhante, quimicamente «limpo» de literatura, o *best-seller* é um detector impagável do literário. Vejamos algumas das diferenças significativas.

O livro literário é sempre parte de uma biblioteca. Separado, vale muito pouco em termos de prazer e saber. O símbolo genuíno do aficionado pela literatura não é o livro, mas a biblioteca. E isso se deve porque a literatura faz sistema. Se alguém lê, digamos, *As asas da pomba*, e gosta, o mais provável é que leia outros livros de Henry James, e quando terminar lerá suas cartas, prefácios, conferências, uma biografia, a de Leon

Edel, por exemplo, daí passando aos contemporâneos de James, seus discípulos ou mestres, Flaubert, Turguéniev, *The Ring and the Book*, Proust... em círculos concêntricos que terminarão por abarcar a literatura toda.

Em contrapartida, se alguém lê um *best-seller*, um romance sobre o contrabando de material radioativo no Báltico, por exemplo, e gosta, e mesmo que seja o livro que mais tenha gostado em sua vida, é muito provável que esse alguém tenha desejos de ler outro romance sobre contrabando de material radioativo no Báltico — sequer outro romance sobre material radioativo, ou sobre contrabando, ou sobre o Báltico. Lembrará dessa leitura como um momento prazeroso, e aí acaba a história. E quanto ao autor, quem será o autor desse livro? No gênero *best-seller* importa mais o livro que seu autor (e aqui descobrimos, por contraste, que na literatura acontece o oposto).

Esta é uma das vantagens do *best-seller*, uma de suas vantagens de mercado, poderíamos dizer: apresenta-se autônomo, sedutor em si mesmo. Para alguém não interessado em literatura, que deva fazer uma tediosa viagem de trem, ou sofra de gripe e não possa mudar a televisão para o quarto, o que pode haver de melhor que um romance desses? Um romance chamado *Reféns na catedral*, por exemplo, não precisa de mais nada para atrair o leitor, de entrada ele já pode imaginar tudo: o grupo terrorista com seu líder, seu psicopata, aquele que está em dúvida e sua menina, as beatas assustadas, o bispo mediador, as tropas rodeando o templo, o jornalista audacioso... Por outro lado, um livro chamado *As asas da pomba* é uma pura aposta, um *understatement* para universitários, um enigma de demorada resolução. (Pelo inverso, aqui se tem uma das virtudes da literatura: constituir uma promessa de leituras inesgotáveis para toda a vida, a entrada na autêntica Biblioteca de Babel.)

Mas a pedra-de-toque na diferença entre *best-seller* e literatura é a sinceridade. De um lado estão os usos diretos e verazes da palavra, o transcurso utilitário do verbo na sociedade: aqui confluem os «Bons dias», «Amo você», «Passo te pegar às oito» e o *best-seller*. De outro, esse peculiar questionamento da significação a que chamamos Literatura. A incompatibilidade é absoluta. A literatura é falaz em dois planos: utiliza-se de uma palavra cujo valor de troca deixa de ser seu sentido direto, pondo em cena o teatro desse uso perverso. O *best-seller*, por sua vez, é simetricamente veraz em dois planos: diz o que quer dizer, e oferece isso como aquilo que é.

Pois bem: a literatura, que é experimentação, poderia fazer o experimento de praticar uma escritura totalmente sincera, não mais próxima e sim mais distante de sua falácia constitutiva. Assim, dando uma volta completa, poderia dar um aceitável simulacro do *best-seller*. Esse experimento foi realizado há alguns anos, e com excelente resultado: *O amante*, de Marguerite Duras.

Já com *O nome da rosa*, de Umberto Eco, aconteceu algo diferente, e bem mais instrutivo. Esse romance é um autêntico *best-seller* do princípio ao fim; para começar, é totalmente sincero, seu autor é um reputado catedrático, profissional da expressão exata de seu pensamento. Mas além disso, ilumina dois contrastes precisos entre *best-seller* e literatura: o primeiro deles é a intenção. A literatura é sempre uma intenção desviada; o *best-seller*, uma intenção realizada. O próprio Eco declara: propôs-se a fazer «um romance policial que se desenvolvesse num mosteiro do século XII». A verdadeira literatura resulta, em comparação, num labirinto de propósitos falidos e resultados inesperados. A que se propôs Cervantes ao escrever o *Quixote*, Byron o *Dom Juan*, Kafka *A metamorfose*? Certamente, suas intenções não caberiam, mesmo quando pudessem ser expressadas claramente (mesmo se existissem!), numa límpida frase satisfeita como a de Eco. O *best-seller* é «um sonho realizado», enquanto a literatura é um sonho em processo; e é também um sonho realizado enquanto torna real o sonho dos escritores de serem ricos, detalhe que a publicidade não deixa de destacar.

O segundo contraste está na *mathesis*, o saber ou a informação incorporados ao romance. Na literatura, esse saber sempre foi grande, mas também sempre desvalorizado ao se subordinar a um mecanismo artístico, no qual a verdade é submetida a uma perspectiva. O saber abundante que veicula *O nome da rosa* não está desvalorizado totalmente, muito pelo contrário, está ressaltado pela amenidade e pelo bom didatismo. Tanto, que esse romance seria ideal para quem desejasse se iniciar no estudo da cultura medieval. O mesmo acontece com qualquer *best-seller* bem feito. (A exemplo, os romances seguintes de Eco.) E com isso podemos terminar denunciando outro equívoco freqüente, o daqueles que afirmam que o *best-seller* é um atentado contra a cultura. Tudo ao contrário. Lendo-os se aprende história, economia, política, geografia, sempre à escolha e de forma divertida e variada. Lendo-se literatura genuína, no entanto, não se adquire nada além de cultura literária, a mais inofensiva de todas.

NOSSAS IMPROBABILIDADES

Muitas vezes me perguntei por que motivo existem tão poucos escritores realmente bons, por que são tão excepcionais, quando há tanta gente que escreve, quando o chamado da vocação soa com tanta sinceridade e urgência em tantas consciências juvenis. Uma resposta, parcial e certamente questionável, seria a seguinte: para ser um grande escritor é preciso dispor de traços de caráter opostos e excludentes entre si. Reduzidos ao básico, esses traços são a razão e a desrazão, o método e o caos. Para construir uma obra literária, como para qualquer outra tarefa intelectual, necessita-se prudência, organização e lucidez: é preciso aprender a fazer isso, escolher o caminho certo, administrar suas forças, entender do que se trata. Não falo de qualidades etéreas, mas das mais terrenas, já que para existir uma obra é preciso haver um escritor em condições materiais de escrevê-la, de publicá-la e, sobretudo, de continuar escrevendo. O escritor necessita colocar em ação toda uma política de pequenas astúcias que não diferem das que tornam viável qualquer empregado, comerciante ou dona de casa.

Mas, para que valha a pena, a obra tem de provir de um fundo de loucura irredutível a qualquer disciplina. A arte se alimenta do novo, o razoável é tão velho quanto a civilização, tão repetido e previsível quanto as tábuas de multiplicar.

Nada mais triste que uma pretensiosa criação artística que se esgota no sentido comum, no óbvio e no bem-pensante. Ou, pensando melhor, há sim algo mais triste: tantas loucuras esplêndidas que não podem chegar a obra de arte por falta de prudência de seus donos.

É contraditório, concordo, quase impossível. Em todo caso, é altamente improvável, o que explica a rareza extremada do grande escritor. Extraviado de sua própria lógica aberrante, intratável, incorruptível na lealdade à sua loucura, e ao mesmo tempo sensato, organizado, diplomático. Uma coisa não vale sem a outra. Se há somente loucura, não vale mais que qualquer louco solto por aí, com os quais tropeçamos todos os dias; se há só método, é a chatice melancólica da rotina, mesmo se advinda em formato de romance ou poema.

Onde encontrar a quimera completa? Existem esses homens feitos de duas metades contraditórias? Enfim, é assim como comecei: são raríssimos, e dadas as suas condições tão improváveis, deveríamos nos felicitar por aparecer um a cada cinqüenta ou cem anos.

Não menos raro que um bom escritor é um bom leitor. A quantidade de leitores realmente bons é mais difícil de medir porque se trata de entes privados, quase sempre secretos. À diferença da escritura, a leitura não se publica; um crítico é um escritor, não conta. Mas um amplo contato com leitores de todo tipo me convenceu de que a excelência nessa face oculta da literatura é raríssima. E me ocorre que a causa dessa escassez obedece a causas que também encerram uma contradição externa.

Por um lado, um leitor, para ser um bom leitor, deve ler muito. A literatura é um sistema com suas próprias leis, e esse sistema se constituiu ao longo da história com a acumulação de uma enorme quantidade de livros. Ninguém poderia ler todos, mas ainda assim a totalidade é latente no projeto de uma leitura bem-feita. O leitor parcial não está à altura de sua tarefa, porque julgar ou entender um livro (ou um autor) apenas pelo que esse livro é, mutilado de suas ressonâncias em toda a literatura, equivale a cometer uma grave injustiça, ou a se condenar a não entender nada. Justamente, o que diferencia um bom de um mau leitor é que este acredita no que está lendo, enquanto aquele sabe que todo o sentido está na tradução daquilo que lê ao peculiar idioma da literatura, e para aprender esse idioma é preciso ter lido tudo, ou o bastante para se fazer uma idéia da totalidade.

Mas, por outro lado, um bom leitor deve saber parar. Os sentidos de cada signo na literatura irradiam em muitas direções distintas para que sua assimilação seja imediata e automática. Na linguagem corrente, o significado de cada palavra numa frase, ou de cada frase num discurso, cai em seu lugar de forma automática, e podemos seguir adiante. Na literatura não é assim. Cada parágrafo, cada frase, por vezes cada palavra, se abre a uma multiplicidade de significados diferentes, e se não os exploramos, a leitura não é boa.

O que fazer então? Avançar ou parar? Ler ou não ler? Temos muito direito em nos perguntar como é possível haver bons leitores apesar dessa impossibilidade paralisante. E, no entanto, é. Como na parábola dos sete homens justos que sustentam o mundo, um punhado de bons leitores secretos mantém em alerta a literatura.

De modo que parece tão impossível para os escritores quanto para os leitores. Dois milagres complementários, cuja emergência histórica seria interessante explorar nos termos do paradoxo que os constitui. O perigo seria vê-los como exemplos, isto é, representantes de uma generalidade ilusória. Cada caso é único, e deriva de uma constelação de circunstâncias históricas irrepetíveis. O que impõe uma terceira improbabilidade. O grande escritor, o grande leitor, ambos se dão dentro e fora da história, ao mesmo tempo. Hoje tudo se resolve com estatísticas, mas o milagre contradiz toda e qualquer estatística ao se colocar num para além do improvável.

Há algum tempo, um jovem de pouco mais de vinte anos de meu um manuscrito, um romance seu, cuja leitura me deslumbrou. Era uma máquina assombrosa de invenção, uma receita muito pessoal de gótico, surrealismo, psicodelia, cinema bizarro, Julio Verne e Marquês de Sade. Também era um caos impublicável, sem ortografia, sintaxe ou pontuação. Tudo se sustentava na tensão da selvageria que a punha em marcha, e seu jovem autor, tímido e rosado filho de boa família, era um selvagem, um autêntico Adão das letras. Nunca tinha ouvido falar de Julio Verne ou do Marquês de Sade, nem de Freud nem do surrealismo, sequer mesmo de Lautréamont, que era com o que mais se parecia. Recomendei alguns livros (comecei recomendando o objeto livro), primeiro passo imprescindível a alguém que queira ser romancista; expliquei o básico sobre a organização de um texto e tive esperança de presenciar o nascimento de um grande escritor.

Nos vimos bastante nos meses e anos que se seguiram. Continuou escrevendo romances e entregando-os a mim; eram cada vez melhores e, ao mesmo tempo, cada vez piores; sua imaginação escalava novos cumes, mas o caos se tornava mais irremediável; ao dispor de um leitor cativo, e cativado, e em sua pressa por tornar a me deslumbrar, abandonou completamente seu já pobre simulacro de normalidade. Pensei que meu entusiasmo poderia estar prejudicando-o e então me recusei a continuar lendo seus manuscritos, disse que deveria apresentá-los a editoras. Em sua falta infinita de sentido comum, levou os disquetes, sem imprimir, a editoras médicas, jurídicas ou de manuais escolares. Não houve um segundo leitor, continuei sendo o único, e mesmo eu acabei renunciando. Lembro com melancolia das longas sessões em que lhe explicava, eventualmente, o que era um ponto à parte, um roteiro de diálogo ou o mau efeito que produziam as grafias «nuve», «olio», «cadera». Ou detalhes ainda mais básicos, como numerar as páginas e prendê-las de algum modo para montar uma pasta. Assentia com tudo, na docilidade de um escolar repleto de boas intenções, mas na verdade não me ouvia: estava apurado para que eu terminasse com minhas instruções prosaicas para que então pudesse me contar suas novas fantasias...

Um escritor visionário, alguém que tenha algo realmente novo a dizer, é um milagre infreqüente. Este menino era um milagre. O problema é que era só a metade de um milagre, com o que perdia valor. Desses meios-milagres há muitos, tanto no campo da escritura como no da leitura. Para completar o quadro, teria de apresentar o retrato de algum escritor laborioso e organizado, consciente dos aspectos práticos de seu trabalho; o de um leitor que leia muito e também o de um leitor que não leia nada, porque uma só frase lida dá material suficiente para anos de reflexão. Mas não vale a pena, são muitos. Apenas quando as quatro personagens se conjugam numa só — um Borges, um Lezama Lima — temos motivos genuínos para esperar algo.

CECIL TAYLOR

Amanhecer em Manhattan. Com as primeiras luzes, bastante incertas, cruza as últimas ruas uma prostituta negra que volta a seu quarto após uma noite de trabalho. Despenteada, com olheiras, o frio da madrugada faz da bebedeira uma lucidez estúpida, num lugar esquecido do mundo. Não tinha saído de seu bairro habitual, e por isso não lhe faltava muito caminho. O passo é lento, poderia estar retrocedendo. Qualquer distração poderia dissolver o tempo no espaço. Ainda que no fundo queira dormir, a essa altura sequer lembra disso. Há bem pouca gente na rua; os que saem a essa hora (ou aqueles que não têm de onde sair) a conhecem e por isso não reparam seus sapatos altíssimos, violeta, sua saia apertada com uma longa fenda, nem os olhos, que de qualquer modo não cruzariam outros, vidrados ou brandos. Trata-se de uma rua estreita, de um número qualquer e com casas velhas. Na seqüência, duas quadras de construções um pouco mais modernas, porém em condições ainda piores; comércios, condomínios vagos dos quais se desprende uma escada de incêndio, a cornija suja. Passando uma esquina fica o edifício onde dorme até tarde, num quarto que divide com dois meninos, seus irmãos. Mas antes acontece algo: formou-se um grupo de tresnoitados. Meia-dúzia de homens reunidos na metade desse corredor olham por uma vidraça. Fica curiosa por essas estátuas cinzentas. Nada se move neles, sequer a fumaça do cigarro. Ela, aliás, não tem mais nenhum. Segue olhando, e como se este fosse o ponto necessário para enganchar no fio que a sustenta, seu passo fica mais leve, mais suspenso. Quando chega, os homens continuam sem lhe dar atenção. Precisa de alguns instantes para entender do que se trata. Estão em frente a uma loja abandonada. Por trás da vidraça suja há penumbra; lá dentro, caixas empoeiradas e entulhos. Mas além disso há um gato, e na frente dele, de costas para o vidro, um rato. Ambos se olham sem se mover, a caça chegou ao fim e a vítima não tem como fugir. O gato, com parcimônia, estica todos os seus nervos. Os espectadores se tornaram seres de pedra, já não estátuas, mas planetas, o próprio frio do universo... A puta bate com a carteira na vidraça, o gato se distrai por uma fração de segundo e isso basta para que o rato fuja. Os homens despertam, olham desencantados a cúmplice, um bêbado cospe, dois a perseguem... antes que a escuridão se desfaça, dá-se algum gesto de violência.

Depois de um conto vem outro. Vertigem. Vertigens retrospectivas. Bastaria um elemento qualquer da série para que o seguinte a fizesse interminável. A vertigem produz a angústia. A angústia paralisa — e nos evita o perigo que justificaria a vertigem; aproximar-se da margem, por exemplo, da falha profunda que separa um elemento de outro. A paralisia é a arte no artista, que vê transcorrerem os acontecimentos. A noite acaba, o dia também: há algo embaraçoso no trabalho em curso. Os crepúsculos opostos caem como lâminas num sulco de gelo. Olhos que se fecham definitivamente, sempre e noutro lugar. Paz. Contudo, existe, e bem mais perceptível do que poderíamos desejar, um movimento descontrolado, que gera angústia nos outros e dá o modelo impossível da angústia em si mesmo. Chama-se arte também. A arte é uma multiplicação: estilos, bibliotecas, metáforas, disputas, o quadro e seu crítico, o romance e sua época... Tem-se de aceitar isso tal como a existência dos insetos. Há restos por toda parte. Mas a vida, sabemos, «é uma só». Daí que a biografia de um artista seja algo impossível; há modos de se provar isso: esses modos se confundem na possibilidade da biografia, com o que volta a nascer a literatura, e a situação insuportável de novo se instala no pensamento, o operador se inquieta e já não vê a sucessão de escrúpulos mas uma proliferação de modelos de difícil aplicação. A biografia, como gênero literário, deriva da hagiografia; mas os santos são, ou foram santos, justamente por renunciar aos benefícios biográficos, recolhendo apenas os restos descartáveis. Por outro lado, as hagiografias nunca estão sós, sempre fazem parte de uma espécie de coleção. A biografia tenderia ao contrário, ainda que o resultado fosse exatamente o mesmo. Quem se orgulharia em saber o que é um resto, e de poder diferenciá-lo do contrário? Ninguém que escreva, ao menos.

Tomemos as biografias de artistas. Vêm a caso perfeitamente. Os adolescentes lêem as vidas dos músicos célebres, que sempre foram meninos musicais; logo, trata-se de uma *success story*, o relato de um triunfo, com sua estratégia espetacular ou secreta, suas vinganças, a transparência de suas lágrimas de crocodilo. São mecanismos sutis, dentro de sua idiotice essencial, que não permanecem por muito tempo na memória (salvo algum detalhe), mas sem por isso deformá-la menos: nela injetam grandes escorregadores, formando um panorama tão pitoresco que a vítima chega a se considerar um Proust — o que, aliás, seria um falso triunfo da vida. Impossível não desconfiar desses livros, sobretudo se foram o alimento primeiro de nossas infantilidades passadas, e das que virão. «Antes» estava o sucesso futuro, «depois» suas recompensas deliciosas, tanto mais por terem sido objeto de pontualíssimas profecias. Os maus augúrios têm a cor nacarada de uma perfeição. Já os bons levantam o mundo nas mãos, oferecendo-o aos astros. A Rainha da Noite, numa palavra, canta de dia.

Examinemos um caso mais próximo. O de um grande músico de nosso tempo, qualquer um deles (são tantos). Cecil Taylor. Bem se poderia dizer tratar-se do principal músico do século.

Engendrado de corpo e alma numa música de tipo popular, o jazz, desde o princípio seu vigor pela renovação o fez universal, talvez o único gênio que pôde ir além de Debussy: aquele que pôde consumar a música como torção sexual da matéria, o atomista fluido de todos os sentidos e sem-sentidos que constituem o jogo do pensamento no mundo. Também não deixa de ser o melhor representante da cidade do jazz; ele é de fato Nova York, a subimpressão do perfil dos grandes edifícios na imagem do pianista concentrado, a música como enlace. Que outra coisa pode ser o realismo? Uma época em que determinada gente viveu. O jazz, uma brisa eterna. A cidade minituarizada num diamante. É o Egito, mas também uma pequena tribo à espreita. Nossa civilização antropológica produz (ou ao menos poderia, numa arte adequada à narração) histórias nas quais, digamos, dois negros nus fazem a guerra na selva, perseguindo-se com os signos mais sutis: o acaso, a mobilidade pura. E o jazz. Uma ação de sonhos: situações. Tudo são situações, êxtase romanesco (não já de conceitos). Segundo a lenda, Cecil fez a primeira gravação atonal de jazz, em 1956, duas semanas antes de Sun Ra, por conta, fazer também. (Ou foi o contrário?) Não se conheciam, nem conheciam Ornette Coleman, que trabalhava no mesmo do outro lado do país. A história, é claro, registra os momentos sem dar um valor *per se*, já que todos eles (e Eric Dolphy, Albert Ayler, Coltrane, quem sabe quantos mais) demonstraram seu gênio persistentemente no transcurso das décadas seguintes.

De qualquer jeito, a História tem sua importância, porque nos permite interromper o tempo. Na realidade, o que se interrompe com o procedimento são as séries; mais precisamente, a série infinita, qualidade esta que anula toda e qualquer importância que a interrupção possa ter. Torna-a frívola, redundante, leve, como uma tussidinha num funeral. Nesse ponto se dá a segunda quebra, e o que era nada além de um pensamento de repente gira, mostrando um rosto inusitado: a Necessidade se lança, patente, soberana, imprescindível — e ao mesmo tempo microscópica, volúvel, estúpida, neutra. A interrupção é necessária, mas é a necessidade momentânea. Da ampliação da necessidade nasce a «atmosfera», de fato essencial no peso específico de uma história. Nunca se encarecerá o bastante a importância da atmosfera na literatura. É a idéia que nos permite trabalhar com forças livres, inoperantes, com movimentos num espaço que, ao fim, deixa de ser este ou aquele, um espaço que consegue desfazer as entidades do escritor e do escrito, o grande e múltiplo túnel a pleno sol... Pois bem, a atmosfera é a condição tridimensional do regionalismo, bem como o meio da música. A música não interrompe o tempo. Exatamente o contrário.

1956. Comecemos de novo. Para esse Cecil Taylor, genial músico negro de pouco mais de trinta anos, prodigioso pianista e sutil estudioso da *avant-garde* musical do século, consolidara-se seu estilo, ou, por outra, sua invenção. À exceção de dois *jazzmen*, cujo trabalho era semelhante, ninguém fazia a menor idéia do que Cecil estava realizando. Como isso se dava? Sua originalidade residia na transmutação do piano, que, em suas mãos, de instrumento passara a ser um método composicional livre, instantâneo. Os chamados «conjuntos tonais» com que desenvolvia sua escritura momentânea já tinham sido utilizados anteriormente por um músico, Henry Cowell, mas Cecil levara o procedimento a um ponto tal que, por suas complicações harmônicas, e sobretudo pela sistematização da corrente sonora atonal em fluxos tonais, era impossível compará-lo com o que quer que fosse. Suponhamos que vivia (é o tipo de dado que as biografias nos dão) num prédio barulhento da East End de Manhattan. Ratos, daqueles que amam os norte-americanos, uma quantidade indefinida e constante de baratas, a embotada promiscuidade de uma casa velha com escadas estreitas, são, todos, o panorama original. A atmosfera. O inecessário. Em seu quarto havia um piano, nem sempre afinado, pela falta de catorze dólares para o serviço. Era um móvel quase póstumo. Dormia ali pela manhã e parte da tarde. Saía ao anoitecer. Lavava copos num bar. Já tinha gravado um disco (*In Transition*) e esperava por trabalhos temporários em piano-bares.

    Sabia que era preciso descartar a idéia de um reconhecimento súbito, é claro, inclusive de um triunfo gradual, à maneira de círculos concêntricos. Não era tão ingênuo. Mas esperava sim, e tinha todo o direito, que cedo ou tarde seu talento chegaria a ser reconhecido. (Aqui há uma verdade e um erro: é certo que hoje Cecil é apreciado no mundo todo, e nós que escutamos seus discos durante anos com amor e uma admiração sem limite seríamos os últimos a duvidar disso. Mas há também um erro, de tipo lógico, e esta história tentará mostrar, sem ênfase, a propriedade do erro. Claro que nada confirma a necessidade dessa história, que não é mais que um capricho literário. Acontece que, uma vez imaginada, ela se torna de certo modo necessária. A história da prostituta que espantou o rato não é, o que não quer dizer que a grande série virtual das histórias seja inecessária em seu conjunto — e, no entanto, é. A de Cecil Taylor é uma antiga fábula: o que lhe convém é o modo de aplicação. A atmosfera não é necessária... Mas como ouvir a música fora de uma atmosfera?)

O piano-bar em questão era um lugar freqüentado por músicos e drogados. O artista se predispôs a uma acolhida flutuante entre a indiferença e o interesse; descartava o escândalo nesse ambiente. Predispôs-se a que a indiferença fosse o plano, e o interesse, o ponto: o plano poderia cobrir o mundo como um toldo de papel, o interesse era pontual e verdadeiro como um «bom dia» entre peixes. Preparava-se para a incongruência inerente às grandes geometrias. O acaso da concorrência poderia muni-lo de um quê de atenção: ninguém sabe o que prospera à noite (ele tocaria depois das doze, na verdade, no dia seguinte), e o que alguém faz nunca passa completamente despercebido. Mas dessa vez passou. Para sua grande surpresa, a oportunidade não se mostrou, precisamente, «nunca». Escárnio invisível diluído em risadinhas inaudíveis. Assim transcorreu a sessão, e o gerente cancelou a apresentação da noite seguinte. Cecil, claro, não discutiu com ele sua música. Não viu nisso nenhuma utilidade. Limitou-se a voltar para os ratos.

Dois meses depois, sua distraída rotina de trabalho (já não lavava copos; era empregado de uma repartição pública) foi realçada mais uma vez por um contrato verbal, para atuar num bar, uma noite só, no meio da semana. O bar parecia com o anterior, embora fosse talvez um pouco pior, e a concorrência não diferisse. Era possível, aliás, que alguns dos presentes daquela noite se repetissem ali. Chegou a pensar isso, o grande iludido. Sua música soou nos ouvidos de uma dezena e meia de músicos, drogados e alcoólatras, talvez até nas belas orelhas negras de uma mulher vestida em seda, sustentada pela heroína. Não houve aplausos, alguém riu pesadamente (de outra coisa, com toda certeza), e o dono do bar sequer se deu ao trabalho de lhe dizer boa noite. E por que faria isso? Há momentos assim, em que a música fica sem comentários. Sem motivo, prometeu a si mesmo vir ao bar noutra oportunidade (freqüentara-o eventualmente como ouvinte) para imaginar comodamente a posição do ser humano diante da música: o pianista consumado, a sucessão de velhas melodias, lentas e espaçadas. Mas nunca foi, achava que não valia a pena. Considerava-se uma pessoa desprovida de imaginação. Transcorrida uma semana, a representação desse fracasso fundiu-se à do anterior, o que lhe causou um certo estranhamento. Era uma repetição? Não havia motivos para acreditar nisso, e no entanto a realidade se mostrava assim, simplesmente.

Certa feita encontrou-se na rua com um ex-discípulo da Advanced School of Music de Boston, um neoclassicista. Cecil, em segredo, fazia troça de Stravinsky. Todos os negros desprezam os russos, não? Duas frases apenas, e o outro ficara vagamente impressionado pelo tom sibilino da voz de seu conhecido, o sussurro, o gorro de lã. (Se ao invés de ser uma nulidade, o ex-discípulo tivesse chegado a algo, teria anotado isso em sua autobiografia, muitíssimos anos depois.)

Três meses mais tarde, uma conversa de madrugada, numa mesa do Village Vanguard, terminou numa oferta para ali se apresentar por uma noite, como complemento de um grupo renomado. Abandonou seu emprego na repartição e trabalhou dez horas diárias em seu piano (mudara-se para um dos quartos de uma velha casa de proxenetas, em Bleeker Street) durante a semana que antecedia a apresentação. Al V.V. assistia a flor e a nata do mundinho do jazz. Estava convencido de que nesse momento se formaria o primeiro círculo, nem que fosse pequeno como um ponto, do qual irradiaria a compreensão de sua atividade musical, e, conseqüentemente, a própria atividade.

Chegou a noite em questão, quando solicitado subiu a tarimba onde ficava o piano, e atacou...

Não houve mais que alguns aplausos condescendentes: «ao menos suou». Isso o desconcertava. Na parte posterior do palco estavam alguns músicos, que desviaram o olhar com um risinho amarelo. Foi sentar-se à mesa onde estavam seus conhecidos, que falavam de outra coisa. Um deles tocou-lhe o cotovelo e, inclinando-se em sua direção, sacudiu lentamente a cabeça de um lado para outro. Com uma grande gargalhada, alguém suspirou um «Enfim, já acabou». O crítico de jazz mais proeminente da época estava sentado a algumas mesas dali. O que sacudira a cabeça foi até lá conversar com ele, e voltou com este recado:

— Sinhué — assim chamavam o crítico entre eles — fez um silogismo claro como um céu sem nuvens: o jazz é uma forma de música, e é, assim, uma parte da música. Como aquilo que nosso bom Cecil faz não é música, tampouco pode aspirar à categoria jazz. Segundo ele, conforme o que entendo eu, que sou um autodidata, não se pode avançar no jazz senão por um desvio do genérico, ou seja, não há particularidades que possam se relacionar, por analogia, ao jazz.

Não tentou nenhuma resposta. Evidentemente, esse imbecil não entendia nada de música, o que não o surpreendia. Ele, por sua vez, não entendia uma palavra de suas razões, ou, melhor dizendo, da convicção que sustentava suas razões. Zonzo, esperou que algum dos músicos que vira por ali dissesse algo. Mas não foi assim. De fato não podia estar certo de haver algum dos músicos que acreditava ter visto, era muito míope e usava uns óculos escuros que, na escassa luz do salão, ofuscavam todo reconhecimento. Quando voltou a pensar na situação nos dias seguintes, compreendeu que de ninguém deveria esperar menos reconhecimento explícito do que de seus colegas. Seria obrigado a escutar infinitamente a música alheia até reconhecer uma nota, um pequeno solfejo amistoso, um «Hi», como aqueles que se cruzavam ao voltar do banheiro, depois de uma dose? Não fizera outra coisa em sua vida, e amava o jazz.

Passaram-se várias semanas. Trabalhou de faxineiro num banco, de vigia noturno num edifício de escritórios e num estacionamento. Certa noite lhe apresentaram alguém que se dirigiu a Cecil pelo mais fútil dos motivos: a senhora Vanderbilt contratava pianistas para seus chás. E de fato foi chamado em poucos dias: parecia que suas credenciais de estudo tinham sido investigadas e aprovadas. Às seis da tarde foi à mansão de Long Island e tomou uma xícara de café com os criados, que, à impressão, faziam uma idéia esquisita de seu trabalho. Um *valet* por fim veio avisá-lo de que poderia iniciar sua interpretação. Posicionou-se diante de um autêntico Steinway entreaberto, numa sala onde uma elegante quantidade de pessoas de ambos os sexos bebia e conversava. Sua atuação não durou mais de vinte segundos, pois a senhora Vanderbilt em pessoa, num gesto que os entendidos qualificaram de esnobe, aproximou-se (o esnobe do assunto estava em não ter solicitado ao *valet* que o fizesse) e com toda calma fechou a tampa do piano sobre as teclas. Cecil já havia tirado as mãos.

— Prescindiremos de sua companhia — disse, estalando as pérolas. Não é tão difícil quanto se pensa estalar pérolas.

Os convidados aplaudiram Gloria.

— Devia ter imaginado acontecer algo assim — dizia Cecil à sua amante dessa noite. — Mas devia ter suposto também que o próprio estranhamento, ao invés de atravessar a couraça de ignorância dessa gente, pudesse servir como um lubrificante para que a impenetrabilidade da casca voltasse sobre si mesma e se tornasse inútil. Minha música tem muitos aspectos, conheço apenas os musicais. A vida está cheia de surpresas.

Na primavera teve um novo contrato, desta vez por uma semana inteira, num bar cujas características mais visíveis eram as rajadas de importância nula conferida à música que soava dele. Velhas negras, ex-escravas deviam tocar ali durante a madrugada, em seus pianos roídos. O dono estava ocupado exclusivamente pelo tráfico de heroína, era um rapaz qualquer quem tratava com os pianistas. Cecil tocaria à meia-noite, por duas horas. Todo mundo entrava e saía, não se podia confiar que alguém, entre compra e venda, entre aquisição e uso tivesse ânimo desperto o bastante para apreciar uma forma genuinamente nova de música. E nessa composição do lugar sentou-se ao piano.

Passaram-se dois ou três minutos de sua execução quando o dono do bar se aproximou dele por trás, agitando a mão que segurava o cigarro.

— Shh, shh — disse quando já estava a seu lado. Preferiria que não continuasses, filho. Cecil retirou as mãos do teclado. Alguns fregueses aplaudiram, rindo. Logo subiu uma senhora negra que começou a tocar Body & Soul. O dono estendeu uma nota de dez dólares ao músico alterado, mas quando este iria pegá-lo, tirou a mão:

— Era gozação?

Era um indivíduo perigoso. Pesaria noventa quilos, cinqüenta a mais que Cecil, que se foi sem esperar mais reprovações.

Cecil era uma espécie de duende, elegante a pesar de sua miséria, sempre em veludo ou couro branco, sapatos bico-fino tal como correspondia a seu corpo pequeno, musculoso. Podia chegar a perder dois quilos numa tarde de improvisações em seu piano velho. Extraordinariamente distraído, leve, volátil, ao se sentar e cruzar as pernas (calças largas, camisa impecável, colete de tecido) era excessivo como um bibelô; o mesmo quando acendia um cigarro, ou seja, quase o tempo todo. O fumo era o bosque onde esse duende fazia sua morada, à sombra de uma teia-de-aranha úmida.

Nessa noite, caminhou pelas ruas profundas do sul da ilha, pensando. Havia algo curioso: a atitude do irlandês espaçoso que vendia heroína não diferia muito do que pouco antes demonstrara a senhora Vanderbilt. Mas ambas as personagens em nada se pareciam. Com exceção disso. Passaria por aí, pelo ato de interrompê-lo, o denominador comum da espécie humana? Por outro lado, nas últimas palavras do sujeito encontrava algo mais, algo que agora reconstruía na lembrança de todas as suas apresentações fracassadas. Sempre lhe perguntavam se fazia por brincadeira ou não. É claro que a senhora Vanderbilt, por exemplo, não se rebaixara em perguntar, mas de modo geral pressupunha a existência da pergunta; mais que isso, sua indignação não se dava senão pela insolência da necessidade de perguntar isso a um negro. Dissera «Não sei, nem me interessa». Mas de certo modo mostrara que importava sim. Cecil se perguntou por que era possível perguntar isso a ele; se a mesma pergunta não era pertinente em relação aos demais. Ele, por exemplo, jamais perguntaria à senhora V. se fazia o que fazia (fosse o que fosse) a sério ou de brincadeira. O mesmo ao dono do bar desta noite. Havia algo inerente a seu trabalho que provocava a interrogação.

A senhora Vanderbilt, por outro lado, participava de uma famosa anedota, citada em quase todos os livros de psicologia escritos nos últimos anos. Em certa ocasião, quis ambientar uma ceia com música de violino. Perguntou quem era o melhor violinista do mundo: o que menos poderia ela pagar? Fritz Kreisler, disseram-lhe. Chamou-o pelo telefone. Não faço concertos particulares, disse ele: meus honorários são muitos caros. Isso não é problema, respondeu a senhora: quanto? Dez mil dólares. Perfeito, aguardo-o esta noite. Mas há mais um detalhe, senhor Kreisler: o senhor jantará na cozinha, com a criadagem, não se juntará a meus convidados. Nesse caso, disse ele, meus honorários são outros. Problema nenhum, quanto? Dois mil dólares, respondeu o violinista.

Os maestros amavam esse conto e continuariam amando pelo resto da vida, contando incansavelmente entre si e transcrevendo-o em seus livros e artigos... Mas e a anedota dele, de Cecil, alguém amaria, contaria a alguém? Não teriam também de triunfar as anedotas para que alguém as repetisse?

Nesse verão foi convidado, junto com uma legião de músicos, a participar no festival de Newport, que dedicaria duas jornadas, à tarde, para apresentar artistas novos. Cecil pensou: sua música, essencialmente nova, seria um desafio nesse marco. Pela primeira vez seria ouvido num concerto, não no ambiente desagradável e distraído dos bares (por mais que todos os grandes músicos de jazz tivessem triunfado nos bares). Pois bem, chegada a hora, sua apresentação se deu num clima de muita frieza. Não houve aplausos e os poucos críticos presentes se retiraram ao corredor para fumar um cigarro, à espera do número seguinte. Poucas crônicas o mencionaram, apenas como uma extravagância. «Não é música», diziam, lacônicos, os entendidos. Enquanto os demais se perguntavam se não teria sido uma gozação. O cronista de *Down Beat* propunha a questão (ironicamente, está claro) como um paradoxo: se batemos o teclado de um piano ao acaso... Em resumo, uma reedição do paradoxo conhecido como «do cretense». A música, Cecil pensava, não é paradoxal, mas o que acontece comigo é, de certo modo, um paradoxo. Mas não há paradoxos de estilo, não pode haver. Isso é paradoxal no meu caso.

No curso dos meses que se seguiram, apresentou-se em meia dúzia de bares, sempre diferentes já que o resultado era igual em todos os casos, e recebeu dois convites: primeiro para uma universidade, depois num ciclo de artistas de vanguarda na Copper Union. No primeiro caso, Cecil foi com a esperança flutuante que acabou desperdiçada (a sala se esvaziou poucos minutos depois de iniciada a atuação; o professor que o convidara precisou de um difícil malabarismo para se justificar, odiando-o daí em diante), embora servisse ao menos para comprovar outro pequeno detalhe. Um público seleto é um público esnobe. O esnobismo é um segredo explícito que se cala. O público universitário não tinha motivos para «entender» a música; não digamos «apreciá-la», porque isso não lhes dizia respeito. Mas, ao mesmo tempo, atuava uma pressão (eles mesmos eram essa pressão) para que sim a entendessem. A mentira encontrava sua difícil atmosfera ideal, o mal-entendido poderia viver para sempre nessas salas-de-aula. Um pequeno percentual de mentira, por menor que fosse, poderia afiançar a verdade indiscutível do real. Quem nos garante, afinal, que realmente estamos vestidos no sentido correto, que as calças, camisas e gravatas não são obscenos? Pois bem, sua atuação não produziu nada disso. Então o esnobismo não existia? Se era assim, todo o edifício mental acessório de Cecil vinha abaixo. Já não poderia nunca entender o mundo.

Na Copper Union a experiência foi ainda menos gratificante. Os músicos vanguardistas, que também apresentavam suas obras, estavam na posição ideal de determinar o que era música e o que não era, uma vez que eles mesmos se encontravam, precisamente, na margem interna da música, em sua área de ampliação sistemática. Mas tampouco aqui a posição ideal deu lugar ao juízo correto. Da obra do *jazzman* negro puderam dizer apenas duas coisas: que naquele momento não era música (ou seja, que não seria nunca), e que casualmente lhes ocorria a pergunta de se não estariam diante de um tipo de brincadeira.

Cecil abandonou um de seus empregos habituais e com algumas economias passou os meses de inverno estudando e compondo. Na primavera surgiu um contrato, de alguns dias, num bar do Brooklin, onde se repetiu o de sempre, o daquela primeira noite. Quando voltava de trem à sua casa, os movimentos, a passagem pelas estações imóveis produziu nele um estado propício ao pensar. Concluiu então que a lógica do assunto todo era perfeitamente clara, perguntou-se por que não se dera conta disso antes: com efeito, em todas as histórias de Hollywood com que havia lavado seu cérebro sempre há um músico que a princípio não apreciam e no final sim. Aí estava o engano: na passagem do fracasso ao triunfo, como se fossem os pontos A e B que unem uma linha. Na realidade, o fracasso é infinito, porque é infinitamente divisível, coisa que não acontece com o sucesso.

Suponhamos, dizia-se Cecil no vagão vazio às três da manhã, que para chegar a ser reconhecido deva atuar para um público cujo coeficiente de sensibilidade e inteligência tenha superado um limite X. Pois bem, se começo atuando, digamos, diante de um público cujo coeficiente seja uma centésima parte de X, terei depois de «passar» por um público cujo coeficiente seja de uma qüinquagésima parte de X, depois por um de uma vigésima quinta parte de X... e assim *ad infinitum.*

«De modo que, enquanto continuar a série, fracassarei sempre, porque nunca terei o público com a qualidade mínima necessária. É tão óbvio!»

Seis meses depois foi contratado para tocar numa taverna, a que assistiam turistas franceses.

Apresentou-se pouco depois da meia-noite. Sentado no tamborete, estirou as mãos em direção às teclas, atacou com uma série de acordes... Algumas risadas soaram sem força. O *maître* fazia sinais para que diminuísse, com gesto alegre. Teria já decidido tratar-se de uma brincadeira? Não, estavam razoavelmente incomodados. Para tapar o mau momento, imediatamente subiu um pianista negro de uns quarenta anos. Ninguém dirigiu a palavra a Cecil, mas de qualquer modo esperou que lhe pagassem uma parte do prometido (o que sempre faziam), olhando e ouvindo o pianista. Reconhecia o estilo, algo de Monk, de Bud Powell. A música o emocionava. Um pianista convencional, pensou, sempre trata a música em sua forma mais genérica. Efetivamente, deram-lhe vinte dólares, com a condição de nunca voltar a lhes pedir trabalho.

O INGÊNUO

Sobre Puig, a princípio, dizia-se a palavra «ingênuo». Lembro muito bem, no ano de 68... Todos líamos freneticamente os estruturalistas, éramos maoístas, pop, consumíamos *Tel Quel*, McLuhan, Marcuse, clamávamos para que florescessem dois, três, cem Di Tellas... Anunciava-se uma nova literatura, descrita por antecipação, em detalhes até. Era preciso apenas escrevê-la, e de fato parecia fácil, as receitas pairavam no ar, seus modelos eram convincentes e a recompensa alta, nada menos que a Revolução... Se a palavra «ingênuo» fosse uma acusação, seria fácil tomá-la contra aqueles, nós, que a pronunciavam. Mas não era. Pelo contrário, era a garantia de que estávamos diante de um artigo genuíno, diante do autor que não seguira a receita como pretendíamos fazer, mas que coincidia com ela pelo autêntico acaso objetivo a que chamávamos História, ou, num pleonasmo otimista, Revolução.

Era um caso de poesia e poética, ou de teoria e prática, também presente em nossas bibliografias. A consciência se tornava autoconsciência na práxis. A prática sem a consciência de si era um estado marcado pelo anterior: pelo passado, pela infância, pelo segredo pessoal pequeno-burguês. Mas a teoria sem a prática, a predicação a que nos condenava nossa entrada na História nesse momento específico, era um vazio que repugnava nossos instintos mais sadios; além disso, também estava proscrita pela mesma teoria, que não era menos pequeno-burguesa — na verdade, era muito mais.

Se algo iria acontecer, seria por fora de nossa vontade. «Voluntarismo» já era um termo obscuro. Mas o que ficava por fora de nossa vontade, que era nossa vocação? Era um jogo no qual se perdia sempre, é incrível que não o entendêssemos, sequer diante uma aparição tão indiscutível e indiscutida como a de Puig. Em meu caso, só posso explicar pela aparição em meu horizonte pessoal, quase na mesma época, de Osvaldo Lamborghini, o não-ingênuo por excelência. Os dois se pareciam muito para não exibir essa diferença de base. Uma muleta de Osvaldo, quando surgia alguma questão prática problemática, era a citação modificada de Ergueta: «Só falta me dizer que porque leio Lacan sou um babaca». A ingenuidade se deslocava, se invertia. Encontrava sua genuína essência ambígua e inapreensível. A citação estava incompleta; o vocativo ficava tácito, mas perfeitamente audível: «Cai fora, picareta!». Ouvi tanto, que daí deve vir o movimento de fuga que me domina desde então, bastante justificável, aliás, dadas as premissas paralisantes que o movimento histórico havia imposto. Em minha inocência adolescente acreditava, de tanto ler Barthes, ter perdido a inocência, e acreditava existir aí uma barreira intransponível. Não se podia voltar atrás, simplesmente porque a História não volta atrás, e, além disso, porque essa casa anterior à partida já estava ocupada pelo ingênuo. Na literatura, as coisas se fazem uma única vez.

Agora, volto a pensar a mesma palavra quando trato de me esclarecer sobre Puig e seu mistério que não se esgota. Tudo mudou, menos o sentido derradeiro dessa palavra escorregadia. Venho pensando nisso, sobretudo há alguns meses, quando reli o famoso artigo de Michel Leiris sobre outro autor favorito meu, Raymond Roussel, outro autor fundacional que eu começava a ler por aqueles anos. «Roussel é ingênuo»: após refletir durante trinta anos sobre Roussel, cheguei a me convencer de que aí está a chave de tudo o que nunca saberei sobre ele.

O paralelo entre Roussel e Puig é fácil de montar: ambos partem de uma matéria cultural que não aquela cultivada pelos escritores sérios; a ambos se impõe uma genealogia, uma filogenia e uma ontogenia fora do *mainstream* no qual operam seus colegas. Isso acontece porque ao mesmo tempo emerge um vanguardismo, ou se dá uma mudança de paradigma, aparição na qual o ingênuo não tem nenhuma participação, sequer se dá conta dela. No caso de Roussel, foi o surrealismo; no de Puig, o pop ou as chamadas teorias «do texto», em suas diversas hibridações e modelações. A obra do ingênuo, sobrenaturalmente pontual à citação, é reivindicada de imediato por aqueles que sustentam o novo paradigma, pelo qual a relação entre o ingênuo e seus leitores assume a forma de um mal-entendido.

Até aí, e só até aí, chega o paralelismo. Porque a História é uma só, a mesma que transporta Roussel e Puig, e que teve de seguir correndo entre um e outro. A ingenuidade não se repete, ao menos sem perder a essência que a define. O autêntico ingênuo é o primeiro e definitivo, o único, Roussel. Em sua época, entre o ano de publicação de seu primeiro poema, 1897, e o de sua morte, 1933, dão-se todos os vanguardismos e mudanças de paradigmas que marcarão a cultura do século XX, dos quais os posteriores serão apenas acentuações ou atualizações. Daí que Roussel, um homem formado no *ancien régime*, tenha se mantido irredutível. Foi ingênuo porque foi sincero, e vice-versa, porque a História permitiu. A ele e a mais ninguém.

O incomparável mérito crítico de Leiris, devido a seu conhecimento íntimo e apaixonado pelo homem, é ter estabelecido, sem lugar para dúvidas, que Roussel amava sinceramente a Verne, Loti, Massenet, Copé, a pintura acadêmica, o teatro de *boulevard*... Não é preciso duvidar dessa sinceridade para duvidar de seu gênio. Roussel nunca se interessou pelo cubismo ou pelo surrealismo, em nada mesmo, sequer por inovações de qualquer espécie. Poderia se permitir isso, não só por ser muito rico e estar bastante louco, mas sobretudo porque não existira nenhum ingênuo antes dele, ou seja: não se configuraram antes as condições para escolher entre distintos níveis de valor cultural ou entre distintos públicos. A ele, a História oportunizava ser o primeiro, e já se sabe que o primeiro pode tudo. A obra, e a própria figura do ingênuo, são intrinsecamente históricas.

Digamos, entre parênteses, que o surrealismo aí estabeleceu outra premissa que falharia, em virtude da irreversibilidade que rege esses mecanismos. Ao criar, no ardor proselitista, a tradição retrospectiva dos «loucos literários», Breton caiu numa armadilha sem saída, que ele mesmo teve de revalidar: o verdadeiro surrealismo era o *malgré lui* feito por aqueles que não sabiam o que era o surrealismo, e a quem pouco interessava saber.

107

De todas as vanguardas do século XX, oscilantes entre a erudição e a selvageria, essa foi a hipoteca mais difícil de levantar.

Do mesmo modo, *mutatis mutandi*, Puig gostava sinceramente, sem ironia, do melodrama de Hollywood, e permaneceu gostando sempre. Não acredito que escutasse com simpatia os críticos que, após lhe cobrirem de elogios, pondo sua obra à altura de Joyce ou Faulkner, falavam dos «materiais degradados» com que havia sido construída. Para estender um pouco mais essa comparação impossível com Roussel, é preciso assinalar uma diferença-chave: enquanto o «material degradado» ou anacrônico que Roussel tomava por modelo era literário, Verne, Loti ou Copée, e, em todo caso, as ilustrações de seus livros, em Puig houve uma alteração de meio, do cinema que não pôde fazer da literatura *ersatz* ou prolegômenos. Se Puig tivesse feito cinema, sua intenção original, teria feito um melodrama *aggiornado* sem ironia, tal como o de Visconti. Não teria sido um ingênuo, mas um retardatário. Ao entrar, talvez apesar dele mesmo, nas engrenagens da literatura, cuja evolução histórica ignorava e o deixava indiferente, adotou a figura do ingênuo.

A máscara do ingênuo serviu-lhe para manter intacto seu mundo imaginário, seu gesto estético. Mas, diferentemente do ingênuo original, incorporou sim, desde o início, a recepção de que sua obra era objeto. Desde antes do começo, antes de haver recepção. E no momento em que o áudio de um de seus filmes sonhados se agarrou ao papel, coagulando-se em dispositivo literário, não pôde ignorar que seu território era o da literatura experimental, pop, vanguardista, o que quiserem. Não ignorou, nem se importou. Era o instrumento perfeito para conservar sua liberdade. Houve uma oportunidade histórica a que soube aproveitar. Dez anos antes, numa atmosfera sartreana, não teria conseguido o trunfo que o pop ou o *camp* viriam lhe oferecer.

É certo que, ao falar de «materiais degradados», os críticos se referiam menos aos refinados filmes de Von Sternberg que aos radioteatros ou aos consultórios sentimentais das revistas femininas, que também foram matéria-prima de Puig. Mas aqui intervém outro deslocamento de grandes conseqüências. É o que vai, para dizer em termos compreensíveis, do consumo à produção.

O menino Puig contava os filmes de que havia gostado; todas as crianças fazem isso. Quando quis fazer seus próprios filmes, deu de encontro com uma curiosa alternativa: mesmo passando do cinema à escritura, podia continuar no campo do consumo — escolha de tantos escritores —, isto é, mimetizar-se com quem fez esses filmes, repetir seus termos formais e temáticos, ou retroceder um passo e incluir no campo a quem consumia tais filmes. Se tivesse optado pelo primeiro, teria sido um Bianciotti, ou, no melhor dos casos, um Mallea. Ao se decidir pela segunda opção, foi um Arlt. Esse é o pequeno deslocamento; um só passo atrás, a inclusão de uma só personagem a mais, o espectador, arrasta consigo a construção da fábula evasiva na consciência que se quer evadir, e essa construção se faz no terreno da luta de classes, que, por esse deslocamento, entra maciçamente em páginas originalmente destinadas a conter os soberbos melodramas do amor e da traição. Mais que isso, a construção traz consigo o dispositivo de construção, que não é outro senão a literatura. E a literatura, como a História, é uma só. A partir daí, ingênuo ou não, Puig é um escritor.

Uma vez surgido o escritor, surge também o mistério, e o mistério de Puig, do qual tratei de me aproximar por esse vinco da ingenuidade, permanece vigente. É claro que «mistério» é uma palavra vaga, a que se pode atribuir qualquer significado. Defino-a como o oposto de «segredo»: um segredo, por mais protegido que esteja, sempre acabará por se revelar; o mistério, ao contrário, é insolúvel, implica as próprias categorias mentais que poderiam elucidá-lo. O exemplo clássico é o do tempo, definitivamente misterioso; trata-se de uma das categorias de que nossa mente se compõe, não podemos vê-lo de fora; não podemos conceber o que vem antes ou depois, nossa mente está feita de tempo e, portanto, também jamais poderemos vê-lo de dentro. A esse inconcebível «fora» do pensamento temos chamado «mistério», adornando-o com as invenções mais românticas. O tempo, apesar de ser um dos mistérios mais sugestivos, não é o único. O espaço é outro, desde já. Outro, a linguagem. Basta pensar do que estamos feitos para tocar a matéria do mistério. É paradoxal: o mais próximo e íntimo é o que ficará para sempre fora do nosso alcance.

Este paradoxo está no centro do trabalho do escritor. Se a elucidação do sentido é uma anulação, uma «soma zero», como acredito ser, o escritor assegura sua permanência graças ao mistério. De minha parte, só segui amando um autor quando permaneci diante de um mistério. Puig é um caso pontual. Todos nos perguntamos o que torna um escritor bom ou grande, o que faz de alguns escritores de verdade e de outros não. O enigma da qualidade, de que raramente se fala (é parte dos bons modos acadêmicos), está no centro de nosso interesse pela leitura. De minha parte, cheguei a me convencer de que depende simplesmente do mistério. Se o escritor é feito de literatura, ele não pode ver o que há por fora dela; a literatura é um mistério que o escritor encarna.

Operando como a Natureza segundo Darwin, com uma intuição que pode ser diabolicamente exata, os escritores procuram o mistério que os fará sobreviver. Buscam no campo dúplice que têm à sua disposição: sua obra e sua vida. As linhas que seguem nesses campos são respectivamente as da ambigüidade e da dor, por outros nomes forma e conteúdo. Não são duas estantes distintas onde se escolhem os elementos mais eficazes para gerar mistério, mas uma só espiral de transformações em que a dor, ou a vergonha da vida, aproveita o impulso da ambigüidade da literatura, e a ambigüidade, por sua vez, com a dor ganha peso e substância, até se tornar vingança ou exorcismo. Sempre haverá uma volta de parafuso a mais.

Os críticos, depois, tomarão o mesmo caminho, só que pelo avesso: admitindo o mistério que torna grande o escritor de que se ocupam, partem em busca dos segredos que ali habitam. Desse modo, asseguram-se de alcançar resultados. Sabem que, mais cedo ou mais tarde, os segredos acabarão por se revelar, na medida que desentranharem pacientemente as ambigüidades de que se revestiram.

Segredo e mistério estão relacionados. O mistério emprega o segredo como instrumento para seu estabelecimento. E do mesmo modo estão relacionados ambigüidade e dor: um emprega o outro como instrumento ou invólucro, mesmo que não esteja claro quem usa quem.

A inevitabilidade do uso do segredo para criar o mistério torna inevitável também a utilização do material autobiográfico. A dor é inseparável da experiência, e só em sua experiência o escritor encontrará os segredos que valham a pena, ou seja, os únicos e intransferíveis que lhe permitirão dar, com sua obra, algo novo ao mundo. Mas todos os segredos, sem exceção, serão postos à luz pelos eruditos do futuro. Todos serão «anulados». De modo que, a certo ponto do futuro, poderá já não restar nada, caso não haja mistério — ou, por outra, caso não haja o irredutível. O mistério vai além do autobiográfico; é a essência ambígua e inapreensível da literatura: a Grande Ambigüidade.

O escritor procura o mistério tal como o animal, o organismo biológico, busca a perpetuação de sua espécie. O mistério de um autor é sua garantia de pertencer à essência interna da literatura, misteriosa porque não possui exterior. Daí que se possa identificar o mistério a essa incógnita dos estudos literários: a qualidade. A qualidade é uma reserva de futuro (se não, por que os escritores se dariam tanto ao trabalho de tentar escrever bem?) E por que querer esse futuro? Para dar tempo, para que todos os seus segredos sejam revelados, mote pelo qual o círculo se fecha em perfeita economia.

Pois então, quando a História tem por bem prover uma oportuna mudança de paradigma, a figura do ingênuo provê a ambigüidade. O curioso é que não pode haver mais de um por vez (não há uma escola da ingenuidade, nem um estilo ingênuo: é sempre uma particularidade biográfica), e, mais que isso, em toda a História não pôde haver mais de um. Daí que Leiris possa sim dizer, definitivamente, «Roussel, o ingênuo». Já nós não podemos dizer «Puig, o ingênuo». E se apesar de tudo fazemos isso, é elevando a potência do *quantum* da ambigüidade.

A passagem da História à biografia, da sociedade ao indivíduo, se dá mediante a dor da experiência. É uma passagem temporal: do presente oportuno, quase oportunista, que usufrui do ingênuo para se presentear com anacronismo e enigma, ao passado, onde estão escondidos os segredos vergonhosos da dor. Dadas as premissas com que opera, como mediador anacrônico entre sociedade e indivíduo, entre geral e particular, o ingênuo adota a figura de luxuosa indiferença do dândi. Aí se pode estender o paralelo entre Roussel e Puig: ambos eram belos, corteses, distantes, vestiam-se perfeitamente. Em seus livros, Roussel camuflou a dor sob uma retorcida maquinária sadomasoquista, até não deixar nada visível; Puig pôs tudo à mostra, e seu formato predileto foi o do destino e do fracasso. Tomava a distância que gerava seu próprio êxito. Nesse aspecto, Roussel se parece mais a uma personagem de Puig que com Puig; em seu livro-testamento não fala de outra coisa. E, objetivamente, fica o testemunho de sua autodestruição. Em seu caso há apenas uma anedota que fala de dor, contada por Leiris, que, numa conversa, para se referir a algo de mau gosto, trivial ou insignificante, lhe disse: «Isso é Copée». Houve uma reação imediata de Roussel, como se o tivesse tocado num ponto sensível, que murmurou: «Mas Copée é um grande poeta». Leiris disse então: «Notei que o atingi», e registra isso justamente por ser tão raro o dândi autômata, distante e drogado, mostrar uma emoção.

A ambigüidade e a dor se tocam apenas nesse ponto da conversa, quando se vê que seus interlocutores estão em mundos distintos. Algo semelhante não poderia acontecer com Puig. Não só porque no intervalo o ingênuo aprendera a se proteger; mais que isso, porque no intervalo se produz uma transformação das premissas, em grande parte pela ação do ingênuo. Essa transformação pode ser resumida dizendo-se que o único público apto a julgar e classificar toda a cultura está segmentado, relativizando os juízos. Os leitores, ao se aproximarem de Puig, faziam isso para elogiar Bette Davis ou Errol Flynn, não para zombar. O equivalente de Copée, em Puig, é a Argentina, o único vão que sentia em seu êxito e, portanto, em sua distância. Até o fim, quando já não havia argumento objetivo, continuou se queixando de não ser apreciado em seu país. O que poderia parecer coqueteria ou capricho de exigência, tem a ver com o mecanismo profundo do qual provém toda a sua obra, dessa distância que se abre entre o subentendido e o mal-entendido.

Outra diferença: o ingênuo já não necessita ser um extravagante. Roussel pôde manter sua ingenuidade com uma pesada couraça de extravagância, ou seja, de mecanismos de sentido, sem os quais este teria de se apoiar em elementos não-ingênuos (freudianos, por exemplo). A dor, o cair da máscara têm por função proteger, como sinal de alarme, a singularidade do único mundo cultural, dentro do qual o ingênuo pode operar plenamente. Tomemos o assunto da mãe, sempre tão central. É verossímil que Roussel tenha sentido dor quando da morte de sua mãe. É verossímil também que, sendo um dândi, não tenha mostrado nenhum sinal exterior. Ao contrário, o único sinal que deu poderia passar pelo viés de uma crueldade macabra, como uma irrupção sumamente inoportuna da obra no ponto de vista mais vital da vida: fez instalar uma pequena janela de vidro no ataúde, para vigiar o avanço da decomposição.

Hoje, já não pode haver esse nível de ingenuidade. Mas na formação da anedota do ingênuo há um mecanismo que consiste em negar a verticalidade do significado, pelo qual esta é lida como neurose ou exacerbação selvagem de Édipo, e passar a uma horizontalidade, ou seja, a outras anedotas da vida de Roussel, ou à sua obra. Certa ocasião, a única em que Roussel foi convidado a tomar chá na casa de um de seus heróis intelectuais, o astrônomo Camille Flammarion, receberam-no com um biscoito em forma de estrela. Guardou-o no bolso como *souvenir*, mandando fazer, em seguida, um porta-jóia para conservá-lo, uma caixinha também em forma de estrela, em ouro e diamantes, com tampa de cristal. (Curiosamente, por heranças sucessivas, chegou a ser propriedade do doutor Lacan.) Os romances de Roussel, por sua vez, estão repletos de jaulas de vidro para cadáveres. Sem contar o fato de que a mãe de Roussel viajava sempre com seu próprio ataúde, para qualquer imprevisto, ao que Roussel respondeu, em seu testamento literário, dizendo que em suas numerosas viagens «não via nada», que todos os locais exóticos de seus livros deviam-se ao puro jogo da imaginação.

Esta negação à verticalidade do sentido, bem como seu transporte à horizontalidade da obra-vida são a chave do ingênuo ou a chave da sua ambigüidade: ingênuo na vertical, sábio na horizontal. Muitos conflitos de interpretação, em Puig, resolvem-se nessa passagem.

E, no entanto, a verticalidade persiste. Essa é a forma da ambigüidade de Puig, enquanto ingênuo segundo, ingênuo trabalhado pela história do século XX: o sentido se constrói na horizontalidade da obra e da vida, mas também subsiste na verticalidade dos sentidos correntes em forma de realismo, de um realismo sem comparação na literatura argentina. É o retorno do realismo, impulso inicial de todo escritor e sempre à mercê das transformações da História. Há de se levar em conta que a realidade também é um mistério, que engloba todos os demais. Somos reais, estamos feitos de realidade, e não podemos vê-la de fora. Todas as manobras individuais para criar mistério confluem num desejo geral de realismo, que sempre é outro, não o realismo vigente segundo os paradigmas recebidos.

Osvaldo Lamborghini, que sentia uma grande identificação com Puig (totalmente unilateral, pois essa é outra característica do ingênuo: todos podem se identificar com ele; ele, porém, não se identifica com ninguém), dizia que toda sua obra, a de Puig, poderia ser entendida com auxílio de uma fórmula nietzschiana: «a emoção profunda». Com efeito, para os que lemos Puig ao longo de nossa juventude, ao longo de sua vida, não há mais o que dizer. Se alguém fez o realismo da emoção profunda, foi ele. Mas aí estaremos sempre à margem da ambigüidade. Emoção profunda era o que sentiam nossas mães ou tias quando ouviam radioteatros... e o mais curioso, entretanto, é que elas também estavam à margem da ambigüidade. Porque o radioteatro era ficção; elas não acreditavam, ou faziam isso entre parênteses, acreditavam como se acredita numa mentira. Não eram tão ingênuas. É como se a emoção profunda fosse sempre uma mentira, e a mentira sempre fosse verdade, ou se tornasse verdade no retorno do mesmo (é o que diz Nietzsche, por outro viés). É preciso a mediação de um ingênuo para que haja efeito.

Desse efeito, a figura adotada em nossa civilização é a da mãe com o filho morto nos braços. Aí seria, como se costuma dizer, «onde morrem as palavras»: no mito, o eterno retorno do mesmo relato, o grau zero ou limiar de toda experiência possível. É o outro lado da mentira, a emoção profunda propriamente dita. Mas a literatura vem depois, quando o vertical da profundidade se desvia nas associações horizontais da experiência.

Em seus romances, Puig envolveu a emoção profunda sobre si mesmo; foi sublime ao permanecer fiel a esse reflexo (ou seja, quase sempre). Desviá-la de um próprio, apontá-la aos congêneres, tinge de sadismo ou comiseração (dá no mesmo) o realismo, sendo também um dos motivos pelos quais este pode não se dar, ou porquê esse almejado realismo seja, por fim, tão deprimente.

Parece-me agora ver Osvaldo pronunciando a fórmula, depois de uma pausa muito acentuada, entre a nuvem de fumo do cigarro... «a emoção profunda». Utilizando suas próprias palavras, seria bom acrescentar a rubrica: «fortes aspas, e uma música soa». Não era ironia, mas uma um tipo de nostalgia de sua parte. Logo ele, que tinha motivos para saber do que estava falando. Não se retorna à ingenuidade. Salvo que o caminho de ida seja também o caminho de volta. Na verdade, só existe um caminho, assim como há uma única História e apenas uma literatura. O desejo de se tornar mulher, por ser o primeiro e último desejo de transformação, incorpora todas as transformações e adota todas as formas. Quando se esgotarem as formas — e não há perigo de isso acontecer tão cedo, pois toda a combinatória da cultura está em jogo —, tornará a se repetir a Dolorosa, já não havendo mais nada a dizer. Assim interpreto uma frase que eventualmente retorna nos papéis póstumos de Osvaldo, sempre sozinha em meio à página, não se sabe se como título ou moral de algo que nunca escreveu, e que, na verdade, é tudo o que escreveu: «A Virgem Maria não voltou a descolar os lábios».

Parece como se tivéssemos nos afastado muito da ingenuidade. Mas é como nas escadas irracionais de Escher, em que se sobe e desce ao mesmo tempo, deixando ou alcançando sempre o mesmo andar. O ingênuo explora a força do anacronismo latente na História para se tornar único, e como único e desapegado das generalidades, pode encarnar todas as contradições: o ingênuo sábio, o dândi doloroso, o reacionário vanguardista.

A CIFRA

Os que tínhamos vinte anos na década de sessenta e que havíamos encontrado o caminho da literatura em Borges, nele reprovávamos sua assombrosa falta de curiosidade intelectual. Poderíamos acrescentar a soberba, a provocação ou ainda uma genuína limitação, tanto mais surpreendente num gênio. O certo é que descartara quase tudo de antemão, antes mesmo de saber do que se tratava. O círculo de seus interesses se fechara na infância, em sua primeira juventude talvez, e não voltou a se abrir, mesmo a despeito das provas mais exigentes a que teve de se submeter. Essa carência, exibida de modo quase militante, chocava mais por contradizer o magistério peculiar que Borges exercia sobre nós, e nos era especialmente notória já que os anos sessenta foram, em grande medida, uma espécie de inventário e de relançamento da modernidade, de um século que havia passado sem praticamente se fazer notar por um homem inteligente e culto, a quem, para completar nossa perplexidade, tomávamos como modelo de inteligência e cultura. Seja como for, Borges não soube nem quis saber nada de seu tempo: nem as ciências, as artes, as humanidades, a sociedade, sequer a História. Nem Marx nem Freud tinham nada o que lhe dizer, mas tampouco Schoenberg, Picasso, Eisenstein (a seu ver, o cinema parece uma arte do século XIX) ou Brecht, para não falar de Wittgenstein, Lévi-Strauss, Jakobson ou Duchamp.

A primeira justificativa para este curioso estado de coisas é a do pagamento. Tudo se paga, até o gênio, e se Borges teve de pagar o gênio literário com a curiosidade intelectual, tem-se de admitir que lhe saiu barato. De fato, não há porque se espantar: muitos dos grandes escritores foram homens incrivelmente limitados em seus interesses culturais, e a curiosidade intelectual é uma virtude a mais entre outras, talvez sobrevalorizada (assim era ao menos naqueles anos, e seria esse um dos parâmetros com que podemos medir o quanto mudaram as coisas).

No embalo por buscar justificativas, poderíamos falar de concentração, de intensidade. Talvez o interesse de Borges desenhasse o círculo de suas necessidades para escrever sua obra, não se diluindo um centímetro além. Exemplo disso é sua relação com a filosofia, de onde extraiu vários temas e que tão congenial era à sua inspiração: num antigo manual encontrou tudo o que precisava, jamais tendo de se incomodar em abrir qualquer livro de filósofo, talvez apenas com as duvidosas exceções de Schopenhauer e algum diálogo de Platão.

Por outro lado, não era tão grave quanto nos parecia, em nosso radicalismo jovem e nossa presunção com a atualidade. Era seu estilo, um estilo de saber, assistemático, caprichoso; hoje, poderíamos dizer até que adiantou-se à sua época, exibindo um tipo de saber que, décadas mais tarde, a televisão e a Internet poriam em voga. Daí, talvez, a fascinação irresistível, um pouco inexplicável também, que Borges produz na era da informática.

Caso alguém se disponha a montar uma lista de suas exclusões, permanece como um dado intrigante sua aversão ao conhecimento sistemático, bem como à atualização do saber. Hoje acredito poder explicá-las em seu conjunto como uma coisa só, remontando a aversão à sua raiz comum, que não é outra senão a do saber coletivo, interpessoal. Tanto o conhecimento sistemático como o do presente se desenvolvem numa empresa coletiva. Apenas o capricho e o passado asseguram um saber individual, inteiramente próprio. Talvez o passado já baste, sem o capricho: a escolha de informação e de leituras, no passado, nos fornece um vasto campo para evitar todo e qualquer compromisso intelectual que ameace a mais perfeita autonomia pessoal. No famoso parágrafo de «Valéry como símbolo», que tanto julgamos imperdoável, o que há de comum entre nazismo, marxismo, psicanálise e surrealismo para que Borges pudesse descartar todos como melancólicas aberrações? — que acontecem no século XX, diz. Mas isso não seria o suficiente, porque no fim das contas Valéry também acontece no século

XX. O que os posiciona no lado do mal é que são iniciativas coletivas, feitas não para apenas um.

Há em Borges uma recusa visceral a ser apenas mais um na criação da cultura, nas continuidades acadêmicas, na acumulação do saber ou ao menos na acumulação sistemática do saber. A única cultura que admite é aquela que, *ab initio*, um só homem pode pensar. Um exemplo quase exagerado é seu livro sobre o Budismo, em que contrasta o aparato filosófico mínimo, de base, razoável e ao qual guarda respeito, com os ridículos bestiários da tradição coletiva. (Trata-se literalmente do contraste entre o Hinayana e o Mahayana: Borges foi um homem do pequeno veículo.) Aqui aparece a anglofilia, a celebrada insularidade do estilo inglês, a predileção quase excludente dos ingleses pela «literatura para a juventude», pois na Inglaterra toda filogenia é tratada como experiência individual, devendo ser iniciada na infância.

Este agnosticismo cultural deveria apoiar-se numa valorização do eu autônomo, da personalidade característica, da personagem atuando como paradigma individual e ditando temas, formas e afeições. E isso de fato se dá, porém em dois níveis heterogêneos, numa dialética incompleta que permanece constituindo o enigma e o encanto de Borges. Os termos dessa dialética foram demarcados num texto juvenil, «O nada da personalidade», em que não nega o indivíduo, mas sim sua «constância» no tempo. O Eu é momentâneo e presente, está sempre por se reconstruir; o eu como personagem constante seria uma soma impossível, «nunca realizada, nem realizável». No centro desse texto há uma anedota probatória, de espécie reveladora ou iluminadora: ao se despedir de um amigo em Mallorca, no instante em que o espírito se desdobra sobre si mesmo, reunindo forças para se colocar à altura do outro, compreende tratar-se de uma tarefa tanto vã quanto impossível. Reunir todos os eus sucessivos da experiência individual num eu genérico seria como tentar reunir todos os instantes do tempo «num instante pleno, absoluto, possuidor de todos os demais», ou seja, um Aleph biográfico, no qual não há mais que um Aleph universal da rua Garay.

A esse texto de 1922 responde, quase quarenta anos depois, a famosa página de *O fazedor*, «Borges e eu», em que do outro lado de sua obra, já feita, Borges adverte existir, de qualquer modo, uma personagem totalizante, elaborada às próprias custas, por sua própria atividade; com esse eu apenas aparentemente definitivo interage o outro, o eu atenuado e momentâneo, cujas armas continuam sendo a evasão e o esquecimento: «Minha vida é uma fuga, perco tudo e tudo é do esquecimento, do outro». Nessa frase acrescenta-se, trazido por esse «outro» inapreensível, o dispositivo que, no fim das contas, é o habitat natural da vida de escritor: a leitura. E duas linhas antes, falando da obra de Borges, Borges diz: «Me reconheço menos nos seus que em muitos outros livros».

Tal como acontece a tantos leitores, o gosto pela literatura levou Borges a achar o trabalho de escrever inútil, insano até, ao menos o de escrever livros. Aqui também se manifesta sua preferência pelo passado, se por ler entendemos a atualização do passado num presente inofensivo, e, por escrever, fazer o presente diretamente, sem mediações. Sempre que se referiu à dicotomia ler/escrever, foi para destacar sua preferência pela leitura ou para expressar sua desconfiança para com a vaidade ou quase descortesia de escrever. Era como se visse nos livros novos uma ameaça paradoxal à leitura. Nessa ameaça, poder-se-ia ver o valor que atribuía à leitura: nela deveria reconhecer a possibilidade de um eu atenuado, menos suscetível aos pesos, responsabilidades e recriminações da História; um eu atenuado mas não ilusório, no qual poderia fincar o pé, com infinita discrição, para existir e protestar.

Mas sua razão para ler, ou seja, para ser um adulto que continuasse lendo, residia em sua condição social de escritor. Por algum mandato ancestral desconhecido, precisava justificar a prática da leitura que, se despojada de alguma função, lhe parecia ociosa, hedonista, até decadente. É inútil especular a hipótese de um Borges rico que pudesse trancafiar-se, lendo tudo o que quisesse, só por querer. Tal como foram as coisas, leu (tudo o que quis, e só porque quis, é certo) para cumprir alguma das funções com as quais a sociedade justifica mais ou menos a leitura literária nos adultos: a de crítico, de professor, de editor.

Pois bem, Borges foi crítico, professor e editor apenas acidentalmente e a partir de seu prestígio como escritor. Segundo ele, era escritor apenas por acaso, como um epifenômeno de suas vigílias de leitor. Mas nem sempre foi assim. De jovem, aceitou naturalmente sua função social de escritor no presente, o das vanguardas do século XX, e foi um poeta como os demais. Uma vez constituído seu eu de escritor, deu-se uma reviravolta e começou de novo: afastou-se de todos os seus companheiros juvenis, rompeu com seus antigos livros, desligou-se da atualidade, dando início à estranha jornada da metamorfose do leitor em escritor, dessa vez um escritor com um eu atenuado, o mesmo eu de um leitor.

Essa metamorfose é toda a obra e o mito de Borges, e percorrê-la em detalhe vai muito além do que posso fazer. Mas acredito poder dar um modelo simplificado, um modelo na escala da intimidade da consciência, em que o comércio com os livros se torna um teatro fantasmagórico e secreto.

A passagem de leitor a escritor dá lugar a duas ilusões: a primeira é querer contribuir com o tesouro existente de leituras através dos próprios livros; a segunda, postular a intenção de recuperar potencializado o prazer de ler os livros, escrevendo-os a partir da hipótese de que em ambas as atividades acontece o mesmo, em seus modos passivo e ativo; este tem de potencializar o mesmo prazer que aquele, conforme o modelo de consumir pornografia e praticar o sexo. Louváveis, por vezes casualmente fecundas, são ilusões porque implicam uma duplicação do sujeito, no primeiro caso como porvir, no segundo como realidade objetiva, ou seja, como outro. Criam um sujeito fantasma, seja próprio ou alheio: em ambos os casos o leitor deve morrer para dar passagem ao escritor, que fica afastado do sujeito biográfico com quem se iniciara o processo.

Nessas armadilhas da fantasia cai apenas o mau leitor, o leitor ocasional, que não deixa de ser ocasional por mais que as ocasiões se repitam ao longo de toda a sua vida. O bom leitor (e partimos da idéia de que Borges foi o modelo do bom leitor) é aquele que descobriu que a literatura forma um sistema, e que, como todo sistema, está completo, tornando portanto supérfluas as adições. O prazer não provém deste ou daquele livro, mas dos elementos que fazem com que este livro ou aquele faça parte do sistema da literatura.

Aqui, o grande assistemático se choca com seu limite interno. Ou talvez alcance sua meta, que é a literatura como o único sistema cultural apto para um só homem, o único que se pode construir do início ao fim, dos alicerces às almenaras das torres, sem sair de um mito biográfico singular. Homero, Shakespeare, De Quincey, Kafka, cada um modulando a seu modo, são todos os homens; um estilo é uma civilização unipessoal que faz de todos os demais homens, passados, presentes e futuros, epifenômenos de um universo imaginativo.

Surpreendentemente, nesse ponto Borges é um homem de seu tempo, um modernista. Há pouco li a crítica de um livro de T. J. Clark, expressivamente intitulado *Farewell To An Idea*, livro que constitui um balanço do fracasso do projeto utópico do modernismo de criar um grande sistema artístico que desse conta do sistema do mundo. Era quase inevitável que o autor da resenha citasse Borges, e citava, já nas primeiras linhas, com muita perspicácia: o projeto sistematizador da arte moderna estava condenado ao mesmo fracasso ambíguo do mapa borgiano, tão vasto quanto o território que deveria representar.

Mapa e território, realidade e representação, são também leitura e escritura, salvo que nunca chegaremos a saber se o mapa extraordinário e absurdo é a leitura que cobre todo o escrito, ou a escritura que chegará a cobrir por inteiro uma leitura que foi anterior, biográfica e logicamente. Remontando essa escalada de substituições até um ponto metafísico para além de toda experiência, ambas as operações se confundem, num núcleo do qual emanam conjuntamente o sistema do mundo e o da literatura. A função da escritura borgiana é extrair esses elementos que tornam a literatura sistemática (elementos que sobreviveram, meio ao acaso, como ruínas) do «volume» onde estão, na maior parte das vezes ocultos ou dissimulados num mal-entendido, ou simplesmente inadvertidos, para serem expostos em fórmulas simples e despojadas do aparato com o qual uma idéia se torna um livro. Essa extração não é apenas epistemológica, mas também moral, já que tais elementos são despojados de sua implicação psicológica, pessoal e patética. Antes, claro, são despojados de seu volume. Com isso se ataca, de passagem, uma das angústias mais recorrentes no leitor: a acumulação inumerável de livros e a impossibilidade de ler todos em uma vida.

Este é o alfa e o ômega da estratégia de Borges: ao se expor o mecanismo genérico da literatura, em seus elementos constitutivos, evita-se a exposição de um sujeito patético a mais, isto é, nos poupamos da existência de mais um autor na já atestada galeria de «casos», a história da literatura. A escritura já não é a exibição de uma psicologia individual e, ao mesmo tempo, a leitura deixa de ser um trajeto angustiante perdido de antemão, pois já não é necessário ler todos os livros; a leitura se torna uma prazeirosa confirmação a partir de exemplos ao acaso, exemplos os quais serão sempre confirmatórios.

Pôr essa estratégia em prática acaba revelando um traço surpreendente dos livros já escritos: sua inutilidade. Mesmo sendo bons, e exatamente por isso, estão a mais na realidade: o que os torna bons exemplos de literatura também os torna inúteis, porque a essência da literatura que realizam já foi efetivada por todos os bons livros da literatura do passado. Para encontrar um livro que realmente se justifique, é preciso retroceder até um hipotético Livro Primeiro. (E na mitologia de Borges convivem, na tensão de um paradoxo em aberto, a Biblioteca e o Livro, exatamente como convivem o leitor e o escritor.)

A multiplicação dos livros só se justifica na História, onde se multiplicam as essências da literatura, revelando com isso não serem essências imutáveis, mas efeitos contingentes do tempo. No presente do ator histórico, cada livro reinventa a literatura e dissolve uma suposta essência; para renunciar a essa postura de ator, como desejou Borges, é preciso reinvestir na figura do leitor, dotando-a de poderes insólitos, cujo modelo seria Pierre Menard. Nessa invenção transmutadora estão os limites da imaginação de Borges: nele a História é confirmatória, não criadora. O sujeito histórico que assumiu a máscara do leitor se converte em livros apenas para atualizar uma essência trans-histórica, livros estes que servirão como exemplos intercambiáveis de um sentido que já estava antes e que estará depois.

O que justifica nossa prevenção juvenil, e que no triunfo de Borges confirma o naufrágio de nossos sonhos, é essa derrota que em suas mãos sofre a função criadora da História. Ele a transformou numa combinatória, num museu de exemplos temáticos, cuja mera reunião ao acaso originava o sujeito presente. E permanecia uma questão de leitura, literalmente. O segredo do eu estava na cifra combinatória que resultava da soma de suas experiências, e a experiência, passada a limpo, seria a quantidade de livros lidos. Daí sua insistência «na descoberta de afinidades secretas e remotas, como se todo o já ouvido ou lido estivesse presente, numa sorte de eternidade mágica» (a citação é de seu artigo sobre Alfonso Reyes, de 1960). Esse presente convertido em «mágica eternidade» é a memória, salvo que o peso da definição está invertido: não é que com a memória se recordem as leituras; as leituras criaram esse outro presente, um presente a-histórico e combinatório, ou seja, a memória borgiana. Já se disse, alguma vez, numa tentativa presunçosa de explicar a originalidade paradoxal de Borges, que seus ensaios eram feitos por um procedimento automático: tomar ao acaso dois artigos da Enciclopédia Britânica, resumi-los em prosa elegante, e buscar uma relação que, a favor do acaso, não poderia deixar de indicar inteligência e erudição. Quem dera fosse tão fácil. Mas a calúnia é iluminadora, pois aponta a essas «afinidades secretas e remotas» que tornam inútil a curiosidade intelectual. De fato, esta não pode operar senão desde uma vontade individual, projetada a partir do presente histórico, carente de um eu psicológico constituído pela História, do qual talvez os últimos espécimes fomos aqueles adolescentes dos anos sessenta. Num salto mágico, o sujeito incapacitado para a curiosidade intelectual se torna objeto desta, da qual estamos dando testemunho.

Uma vez que o eu se torna uma cifra do acaso combinatório, a ação cessa e, com ela, numa ataraxia de leitor satisfeito, cessa também a dor. Tudo reside em gerar a cifra, e o modo mais econômico de se fazer isso é a leitura. Com isso chegamos, por fim, a um bom motivo para se tornar leitor. Os livros são ideais para se gerar a cifra, porque de um livro a outro se pode dar toda a latitude possível do espaço e do tempo, alcançando-se o resultado com o menor gasto possível. Alguns poucos livros, proporcionados pelo acaso da biblioteca paterna ou por qualquer encontro casual. Não é necessário serem todos, nem os melhores, nem os mais importantes. Quem poderia julgar isso? O sujeito histórico, mas este, porém, já foi eliminado. O peso da definição se inverte também aqui: os livros não necessitam ser os melhores no presente, já que sua escolha casual no passado foi aquilo que os definiu como os melhores para cumprir sua função. Bastaria estarem afastados uns dos outros para que sua conjunção resultasse uma entidade única e sem comparação. O acaso biográfico arranja para que esses poucos livros formem uma constelação distinta em cada leitor, e o resultado, essa cifra não compartilhada com ninguém, constitui o super-homem secreto que, por ser único, tem um poder único. E quem pode dizer até onde chega o poder de uma particularidade absoluta? A espécie humana ainda não chegou a conceber a potência do novo. Em nossa frivolidade infinita, vimos usando-o apenas para nos tornar artistas.

A INTIMIDADE

Para definir o íntimo, é preciso buscar o termo a que se opõe, e não me ocorre outro que não *público*. No entanto, o que se opõe diretamente a público é *privado*, o que deixaria o íntimo como um suplemento recôndito do privado. Gostaria de enfocar esses contrastes assimétricos em dois gêneros literários, as Memórias e o Diário íntimo, ou, mais precisamente, as Memórias e o Diário de dois autores franceses, Chateaubriand e Victor Hugo.

Em suas *Memórias de além-túmulo*, ao preço de eliminar todo e qualquer dado de sua intimidade, Chateaubriand retoma sem parar a diferença entre público e privado. A alternância entre a história de um homem e a história da Europa se dá em suas três mil páginas, exemplificada em cada uma delas: o homem busca a solidão com afinco, evita os cargos políticos, não pede mais que o isolamento para desenvolver suas fantasias religiosas e seu culto à natureza, ao mesmo tempo em que a Europa obstina-se em produzir guerras, revoluções e nacionalidades. A alternância é tematizada na própria extensão, a ponto de gerar o cálculo explícito: «Na escala dos acontecimentos públicos», diz Chateaubriand, «os fatos de uma vida privada poderiam reivindicar não mais que uma linha». A imagem que propõe a continuação é a do barco, que poderia ser o barco da Humanidade sulcando o oceano da História, mas tripulado por marinheiros que possuem, cada um, sua pequena história pessoal, e que não se privam de contá-la entre si durante os longos ócios da navegação. «Cada homem», diz Chateaubriand, «encerra em si um mundo à parte, alheio às leis e aos destinos gerais dos séculos». Antes, porém, contraditoriamente justifica o cálculo das extensões não pela mera importância do público, mas em sua particularidade. Com efeito, o público é singularíssimo e irrepetível, enquanto o privado é generalizante. Quem já não perdeu um ser querido? Quem já não amou, sofreu injustiças ou conseguiu sucesso? Todos fizemos isso mais ou menos nos mesmos termos. Enquanto a Revolução Francesa ou o descobrimento da América se deram uma só vez e para sempre. Chateaubriand resolve a contradição lembrando que a história pública é feita por homens privados, e que o único advém misteriosamente do múltiplo: «todos, um a um», diz, «trabalhamos na cadeia da história comum. De todas essas existências individuais se compõe o universo humano aos olhos de Deus». Os atores centrais do multitudinário elenco de suas *Memórias de além-túmulo* são Napoleão, Madame Récamier e o próprio Chateaubriand. Em Napoleão, claro, está a transmutação suprema do privado em público, já que sua história privada é a história do mundo. E foi a contemporaneidade de Chateaubriand com Napoleão o que propiciou sua reflexão. O próprio Chateaubriand se constitui em unidade público-privada sobre o grandioso fundo napoleônico, como legista de duas linhagens monárquicas: somente na cadeia dinástica pôde encontrar o argumento que conciliaria o homem individual com a História, conciliação ameaçada pelo excesso imperial. Mas Chateaubriand, tal como os marinheiros de sua metáfora, não se priva de contar sua própria história. E se nesta se vê constantemente ameaçado pelo perigo de dar demasiada importância a si próprio, perigo bastante real porque, ao fim das contas, foi ele quem consolidou a sensibilidade romântica, assegurou a restauração borbônica, levou adiante a guerra com a Espanha, dispõe lateralmente da figura de Madame Récamier, sua amante, para fazer de ponte entre o público e o privado. A mulher é a figura privada por excelência, mas Madame Récamier cobre todas as combinatórias históricas do público e do privado, ao menos nas *Memórias de além-túmulo*.

Mas, por se tratar de um livro, estamos no campo da exposição, e deveríamos ver seu reverso. A privacidade também se esconde deliberadamente, e aqui é onde a palavra «intimidade» funciona no uso comum como seu sinônimo. «Defendo minha privacidade» é mais ou menos permutável com «defendo minha intimidade». Mas só mais ou menos. Pois o privado continua no campo do público, já que se há um «direito à privacidade», tem de ser um direito reconhecido publicamente.

Por fora desse reconhecimento, na margem interna do destino individual que escapa à fatura geral da História, estaria a especificidade do íntimo, numa espécie de suplemento do privado, um campo extra de formato indefinido que apela aos afetos, sentimentos, desejos. Na intimidade assim definida há uma resistência à linguagem. A fronteira da intimidade retrocede tanto quanto avança a vontade de contá-la. É co-extensiva ao segredo, mas o segredo existe enquanto efeito da revelação, e esta, feita de linguagem, é por essência pública. Duas formas degradadas de linguagem pressionam sobre o campo amorfo do íntimo: de um lado o exibicionismo, de outro a curiosidade. Antes e depois de adquirir uma forma estável, a intimidade se dissolve, como uma intenção, ou pior: como uma boa intenção, não deixando como resto mais que um balbuceio falido daquilo que não se podia dizer e que no entanto se disse.

Ainda assim, não haveria de se destacar o conceito, que, ao fim das contas e apesar de sua precariedade, permanece atuando. O informe do conceito replica-se no informe do idioma da intimidade. Se a articulação máxima da linguagem está no público, o mínimo se refugia na intimidade. Os íntimos se entendem «com meias-palavras», ou melhor, «sem palavras». Essa economia transporta a busca utópica, ou em todo caso desejante, da comunicação impossível consigo mesmo, porque a intimidade culmina num só. Utopia do comunicável, que iria do segredo ao segredo, sem passar pela revelação e sem se rebaixar aos mandatos do exibicionismo e da curiosidade.

Seja como for, a intimidade não é uma nata fluida da vida social, mas um princípio de separação. Zelosa, exclusiva, a intimidade de alguém termina onde começa a do vizinho, talvez um pouco antes. Mesmo que não se trate tanto de limites quanto de círculos concêntricos. Há um díctico em jogo, um *shifter*, um ocasionalismo: «entre nós», e esse plural pode ser tão amplo quanto estreito, ou dar lugar: a intimidade dos amantes, da família, dos amigos, da profissão, da cidade, da nação... O modelo, o «entre nós» definitivo, é a redução do plural ao singular que se amplia para formá-lo, o «eu», a consciência, o chamado «foro íntimo», eu comigo, a intimidade portátil, levada aonde faz falta. Supõe-se aí estar o núcleo das grandes verdades: onde não é necessário falar.

O público é um tecido de crenças, sobre as quais se exerce o processo do «foro íntimo». Que o Sol nasça pelo Oriente e se ponha pelo Ocidente, ou que os pobres sejam mais simpáticos que os ricos, são proposições sujeitas à crença, mesmo depois de sua confirmação pelos fatos. Antes ou após a confirmação, a decisão de crer ou não crer constitui a intimidade do homem. Na realidade não há alternativa: a decisão só pode ser decisão de não crer. Crer é o público, não crer é o íntimo, e se dentro da intimidade ainda há algo no que não se crê, é inevitável que sua negação produza, mesmo a contragosto das melhores intenções do sujeito, uma segunda intimidade, mais íntima, e logo uma terceira e uma quarta.

Minha hipótese é de que a figura última da intimidade é a do cura que não crê em Deus. A vantagem metodológica dessa figura é a de nos levar aos extremos da prova. O cura é uma instituição; todos nós o somos, em nosso funcionamento social; todos somos instituições de crença. Mas o cura é potencializado por sua especialização na crença de base, Deus. Ele não possui pontos de fuga laterais como todos possuímos, pois está no fundo do beco; daí que se possa dizer que um cura que crê em Deus não tenha intimidade. Como estamos no terreno do preto-e-branco, dos absolutos, para ter intimidade o cura deve passar a um nível no qual se desprenda de sua crença em Deus.

Essa incredulidade, terá de «confessá-la a si», no sigilo de sua consciência, para o que é necessário que a linguagem intervenha: como diria se não interviesse? A semiose da ação, dos fatos, e até dos gestos lhe está proibida caso queira conservar o emprego de cura. De modo que a linguagem retorna em sua mais pura e quinta-essenciada matéria lingüística.

Isso contradiz a descrição anterior do íntimo como o reino do balbuceio e das meias-palavras. Creio que o que acontece é que no caminho em direção ao singular, ao ir se despovoando o «nós» íntimo em sua passagem da nação ao grupo, do grupo à família, da família ao casal, sempre rumo ao «eu» secreto e talvez inalcançável, vai-se esgotando a carga de linguagem acumulada, e quando a consciência está só consigo mesma deve recomeçar, outra vez com um máximo de articulação, com uma sintaxe precisa e frases bem cunhadas sobre a matriz do Sujeito e do Predicado.

A elas o cura deve recorrer em sua necessidade imperiosa de criar uma intimidade. Pois bem, resta agora explicar essa necessidade. Para que serve a intimidade? Quem necessita dela? Eu diria que sua utilidade está na inversão da função da verdade na linguagem. A intimidade é algo assim como o laboratório da verdade.

A linguagem como instituição, ou, ao contrário, como instrumento público, tende ao lugar comum. Mesmo quando se trata do mais engenhoso epigrama ou do paradoxo mais arriscado, ainda quando tomada no momento mais original de seu nascimento, a enunciação lingüística é refém da mecânica senilizante da obviedade. Os sujeitos nela coincidem fatalmente. Mesmo patente, seu *quantum* de verdade degrada-se em crença, pelo simples fato de ser compartilhada. A estreita margem de manobra que resta à negação é o que chamamos cinismo. Na extinção da linguagem, que ganha lugar no fundo da intimidade, e seu renascimento imediato, nesse ponto último de rebote em que os amantes abraçados se transformam num cura está a origem do cinismo.

É bastante evidente que a criação de intimidade, segundo os termos que apresentei, se parece muito à criação da literatura. Isso torna um pouco difícil continuar falando do tema, e para não sair dele a reflexão se vê obrigada a remontar o já-criado à criação, de modo que remeter-se aos documentos não é suficiente, pois quase de imediato estes se contaminam com o processo de documentação.

A intimidade, na medida em que temos acesso a ela, foi objeto de uma documentação. O mito da intimidade tem por suporte documental a mitologia dos segredos e sua revelação, cujo meio é a literatura.

O paradoxo dos diários íntimos se desdobra no rebote que mencionei. São escritos para quem escreve, para articular o informe, mas a própria articulação já transporta o esboço de um interlocutor. São escritos para que outro leia, ainda que esse outro, no momento, seja si mesmo. A articulação da linguagem em Diário Íntimo tem como fundo de contraste — e dá para contrastar com ele — um balbuceio amorfo de pensamento secreto.

Não só nos diários, o paradoxo consegue ser resolvido na escritura cifrada, que é o idioma próprio da documentação. A técnica de registro da contabilidade, a chamada «dupla entrada», inventada na Itália mais ou menos na época em que Maquiavel criava a «dupla entrada» política, de hipocrisia e cinismo, pela qual continuamos nos movimentando, é o modelo do cifrado.

Victor Hugo, que mantinha uma grande família, uma dezena de amantes, ex-amantes, numerosa criadagem, secretários, amanuenses e protegidos, descobriu em determinado momento que o lugar mais a mão para anotar todos os seus gastos, para homologá-los com seus ingressos, era seu Diário Íntimo. Mas não tinha tempo nem paciência para fazer as contas. A senhora Hugo, que não devia ter cabeça para os números, delegou a tarefa à amante oficial de seu marido, Juliette Drouett, a quem, no fim do mês, Hugo passava os cadernos de seu Diário, onde registrara escrupulosamente até o último centavo que saíra de seu bolso. Além disso, o poeta recorria cotidianamente aos serviços de prostitutas, que também lhe cobravam. Esses pagamentos ficavam anotados: quinze francos, doze francos, precedidos da letra P, de prostituta. Se Juliette perguntava, a explicação era de que o P correspondia a «proscrito», explicação verossímil já que Hugo financiava numerosos proscritos (ele também o fora) do Segundo Império. O verossímil se fortalecia pelas palavras também cifradas que seguiam o número, lembrança das fantasias, em geral fetichistas, que apimentavam a sessão, por exemplo «t.n.», que significava *toute nue*, «nudez total», ou letras em código que representavam «pezinho» ou «na frente e atrás» ou mil coisas mais que hoje servem de quebra-cabeças para «hugólogos» (muitas ainda não foram decifradas), e que deveriam intrigar Madame Drouett.

Vejamos os três lances da anotação. No centro está o número, «15 francos». Aí não há código, quinze francos são quinze francos, nem catorze nem dezesseis (nessa ocasião). Aí a leitora deve ler o que está escrito, para manter em ordem a contabilidade. O «P» anterior, em contrapartida, apela ao poeta tanto quanto à leitora, e na conjunção está a posteridade, que também começa com P. A atividade sexual do velho poeta, por então já prócer, fica marcada com um P no calendário, por debaixo de sua generosidade com os numerosos companheiros de exílio, generosidade comprovadamente documentada em outros lugares, e, de certo modo, aqui também, mesmo no tênue verossímil destinado a Juliette: se ela acreditava, se acreditava que o P correspondia a «proscrito», e mesmo se não acreditava, era porque a ajuda aos proscritos existia.

Quanto ao terceiro lance, o «pezinho» ou «toda nua», disfarçado num par de letras herméticas, aí o diarista passa à linguagem privada, que só ele poderá decodificar, por exemplo, numa tarde de chuva que estimulasse a evocação de lembranças nostálgicas; ou, com um fim mais prático, quando num apuro revisasse o caderno antes de sair ao bordel para não repetir o «pezinho», ou para repeti-lo. Mas como decodificar? A prudência exige que os códigos ou equivalências não fiquem anotados em parte alguma, assim como no banco nos recomendam não escrever a senha de nosso cartão do caixa eletrônico mas confiá-la à pura memória imaterial. O decodificador deve voltar-se sobre si mesmo e fechar o círculo do sujeito como indivíduo feito de passado e memória. A poesia não funciona de um modo muito distinto, e a poesia de Victor Hugo pode recorrer, sobretudo em suas peças proféticas (mas também nas políticas), à voz de inspiração que entreabre as válvulas herméticas do sujeito para ditar os códigos esquecidos: «O que disse a Boca de Sombra». Por intermédio da escritura cifrada, a intimidade se torna literatura.

Como a literatura, a escritura cifrada é uma intensificação da linguagem. Tanto uma quanto outra utilizam dos véus da intimidade para criar valor. Mas o valor depende do interesse e, ao apontar nessa direção, o interesse pode vir acompanhado do adjetivo «mórbido». Os estudiosos da literatura francesa que se dedicam à decodificação das anotações crípticas do diário de Victor Hugo se esquivam do adjetivo por muito pouco, mas têm sérias justificativas. Seu principal argumento, claro, é o de que Victor Hugo é uma figura importante demais na literatura e na história francesa para não se darem ao trabalho. O conhecimento em detalhe de suas condutas privadíssimas na cama poderia dar uma pista à leitura de seus poemas ou romances. Um argumento que não utilizariam, mesmo se estivesse implícito, é o de que se não fizerem eles, outros o farão, e me parece que isso serve para terminar de definir a intimidade: aquilo que se passa com um e que interessa a muitos. Assim como na redação das memórias há uma construção mútua do particular e do geral, sob as figuras do público e do privado, na leitura dos Diários essa construção se dá entre o interesse e a intimidade.

Nesse caso, o interesse pode ser interesse em saber, ou interesse em que não se saiba. A repartição dos sujeitos, utilizando por instrumento a escritura cifrada, distribui ambos os interesses a um lado e outro do saber. Mas os dois interesses são um só e o mesmo; mesmo que sigam em direções opostas, não terminam de se separar porque são o anverso e o reverso da mesma moeda com que se compra o saber.

KAFKA, DUCHAMP

A fábula como forma literária breve, de Esopo e La Fontaine, é um gênero demonstrativo, isto é, pretende demonstrar uma verdade moral, histórica ou política. Os gêneros didáticos, ou todo discurso que em geral pretenda demonstrar uma verdade, necessitam dos «tipos», dos indivíduos universalizados, já que os indivíduos individuais possuem contingências demais para funcionar como blocos eficazes numa demonstração. O que os tipos sociais ou históricos são no romance realista, na antiga fábula foram os animais, e a passagem do indivíduo à espécie, nestes, é tranqüila. A espécie funciona como tipo na sociedade da fábula, o «reino» animal, onde o Leão é Rei; o Macaco, Ministro do Interior; o Coelho, proletário e a Raposa, conspiradora. Há sempre apenas um de cada, porque com um já basta para fazer a ação avançar, isto é, chegar à moral.

Onde há fábula, há animais, e vice-versa; ou ao menos há fábula onde há animais como protagonistas da história. Quando se trata de animais e a intenção não era escrever uma fábula, tal como nos relatos de Kafka, vale a pena investigar se não estará justificada nossa suspeita de que mesmo assim, no fim das contas, ainda sejam fábulas. Nesse sentido, quero examinar o conto «Josefina, a cantora ou A cidade dos ratos», em cujo título já se demarca o duplo status dos animais na fábula, como indivíduo e como espécie.

Mas, em se tratando de uma fábula, o que quer dizer «demonstrar»? Não há uma moral visível, é claro, mas desde que recebeu leitores, todos viram nesse conto o esboço de alguma lição sobre a situação do artista na sociedade. O que me parece que ninguém notou é a classe particular de artista e obra de arte que se desenha no texto, que não é outra coisa senão o *ready--made*, tal como o inventou Duchamp. Ou seja, a obra de arte como um objeto qualquer, eleito dentre o universo dos objetos com expressa indiferença estética e ética, e promovido a obra de arte pela decisão do artista. O ruído de Josefina é um *ready-made* completo. E do *ready-made* Kafka descreve, ao início do conto, num parágrafo, a sua caracterização perfeita:

> O que ela produz é um simples ruído. Caso alguém se coloque a uma boa distância e a escute, ou, melhor ainda, caso queira colocar à prova seu discernimento e procure reconhecer a voz de Josefina quando ela canta, digamos, em coro, esse alguém invariavelmente não identificará mais que um chiado vulgar e corriqueiro que, caso se destaque por algo, é por sua fragilidade ou falta de força. Mas quando se está diante dela, já não é um simples ruído; para entender sua arte não basta ouvi-la, é preciso também vê-la. Mesmo que não fosse nada além de nosso ruído cotidiano, já há algo especial em alguém que surge solenemente para executar o que é apenas normal. Quebrar uma noz é uma atividade a que ninguém chamaria arte; conseqüentemente, ninguém se atreveria em reunir um auditório para entretê-lo fazendo isso. Mas se ainda assim o faz, e consegue seu propósito, tem de haver um jogo que vai além do quebrar as nozes. Mas talvez se trate apenas disso. O que acontece, porém, é que temos passado essa arte por alto, mesmo sendo mestres nela, e que foi preciso esse novo quebrador de nozes para nos mostrar do que se tratava essa arte na realidade, a ponto de que poderia convir-lhe, para um maior efeito, ser um quebrador menos hábil que a maioria de nós.

No caso de Josefina, não se trata de invenção da música (nesse caso seria um mito, não uma fábula), assim como o mictório de Duchamp não é uma invenção da escultura. A música já existia entre os ratos:

> Podemos ser pouco musicais, mas temos nossas tradições de canto; o canto não foi desconhecido para nosso povo nos tempos antigos, é mencionado em len-

das, havendo inclusive canções que chegaram até nós, mesmo que já ninguém as cante. Temos alguma idéia do que é o canto e, falando especificamente, essa idéia não coincide, absolutamente, com o que Josefina faz.

Do mesmo modo, os *ready-mades* de Duchamp «não coincidem» com a idéia tradicional que fazemos de pintura ou escultura.

O *ready-made* tem algo de fábula, isto é, de demonstração «divertida», um tanto artesanal e doméstica, tal como eram a física ou a química «divertidas» de antigamente, quando ainda estavam ao alcance de todos. Daí que a brevidade seja um traço que readymade e fábula compartilham. Por ser demonstrativo, e dado que a essência da demonstração é justamente demonstrar-se, e pelo caminho mais curto, a fábula é necessariamente breve: podendo-se supor o leitor razoavelmente convencido, a fábula acaba; estendê-la seria correr o risco de fragilizar essa convicção.

A brevidade, em geral, está em função daquilo que se tem de dizer: nos gêneros breves não se escreve para ocupar o tempo do leitor, como no romance, mas para ocupar sua inteligência. Isso pode ser questão de um instante ou, melhor dizendo, sempre é. Quanto mais breve, mais eficaz.

O *ready-made* também tende, e pela mesma razão, à brevidade. Seu próprio nome diz: «já feito», isto é, com o tempo incluso. Por mais tempo que tenha levado para elaborar o mictório ou o porta-garrafas (que além de tudo são objetos industriais, nos quais a relação tempo-fatura que regia os objetos artesanais já tinha sido transformada), sua transmutação em obra de arte é coisa de um instante, do instante psicológico da decisão do artista.

Nesse sentido, no sentido em que funciona como uma fábula, o *ready-made* é um modelo de toda a arte do século XX, que é experimento de arte ou arte experimental. O experimento é breve, já que busca chegar o quanto antes à conclusão: «... eis o que gostaríamos de demonstrar». O *Nu descendo a escada* foi uma prefiguração dessa relação transfigurada com o tempo.

Kafka, por sua vez, teve uma questão pendente durante

toda a sua vida, a respeito da extensão dos seus escritos. É conhecida a sua idéia de que só podia escrever bem se o fizesse «de uma vez só», numa única sessão, e o que se pode escrever numa só jornada (uma só noite, em seu caso) tem limite. Daí que tendesse naturalmente à escritura de fábulas. Para ele, as coisas se estendiam mais que para Esopo, dado seu estilo jurídico de verossimilização. Necessitava examinar a ação microscopicamente, dar-lhe razão, não tanto com finais «psicológicos» mas, pelo contrário, como casuísticas, e as espécies animais (poderiam também ter sido vegetais; e foram humanas, sociais) obedecem ao complexo de causas a que melhor se adapta seu estilo. «Josefina, a cantora...» é o caso perfeito de uma fábula de Esopo reescrita por Kafka.

Mas qual a moral dessa fábula? Creio que é preciso buscá-la na distância entre a obra de arte produzida por Josefina, o canto, e a invenção enigmática de Duchamp. Kafka descreve o *ready-made* até suas últimas conseqüências: em sua produção e em sua recepção.

Primeiro, em sua produção. Isto é, em seu tipo peculiar de produção: já está feito. É o ruído ancestral de todos os ratos, tal qual. Não se acrescenta nem se retira nada; poderia ser qualquer outra característica da espécie, seus movimentos, por exemplo (e, nesse caso, teria sido dança, não canto), a cor da pele ou o contorno do corpo (desenho e pintura), as reações (teatro) ou a acumulação de provisões ou dejetos (escultura), o que for. Essa produção «negativa» tem seu inverso positivo: a arte é assumida enquanto tal; Josefina inventa-se «artista», e sua arte é «alta»: nada a ver com as velhas canções populares de ratos. Que seja uma artista de caricatura é efeito do gênero fábula, como o leão é uma caricatura do rei, ou a formiga uma caricatura do bom camponês precavido.

Segundo, na recepção, que também é peculiar. Na fábula de Kafka, a comunidade, a cidade dos ratos, tem a reação «correta» ao *ready-made*, se é que tal coisa pode se dar. Talvez por serem ratos, ou por funcionarem como espécie, põem-se à altura de um impossível: um ato deliberado e ao mesmo tempo coletivo. (Aí está, seja dito entre parênteses, o núcleo do conceito da evolução segundo Darwin, tão difícil de captar.) A cidade dos ratos decide, em perfeita sincronia com o artista, que esse objeto eleito mais ou menos ao azar, e indiferente esteticamente, é uma obra de arte, atuando em conseqüência disso. O indivíduo e a comunidade coincidem num ponto, e nada além de um, mas é um ponto sem volta. Kafka, ou o narrador-rato do conto, coloca-o nestes termos: o canto de Josefina é «a mensagem da comunidade ao indivíduo». Um discurso qualquer, ou inclusive uma obra de arte convencional, seria o contrário: uma mensagem do indivíduo à comunidade. Mas essa obra, esse canto, o *ready-made*, transmutou o individual em coletivo por efeito da decisão compartilhada, e ao mesmo tempo fez do receptor um indivíduo separado e incomunicável, porque não há língua por fora da operação para compartilhar a classe de gozo que esse tipo de arte proporciona. (Apollinaire disse no começo da carreira de Duchamp que este seria o homem destinado «a reconciliar o artista com a sociedade», coisa que ninguém conseguiu entender, ainda que o próprio Duchamp, em sua velhice, tenha dado uma interpretação muito sensata: «Apollinaire só queria dizer algo amável sobre mim, e isso foi o que lhe ocorreu naquele momento».)

Para nos aproximarmos mais da moral dessa fábula, é preciso examinar um traço dos contos de Kafka: são quase sempre dois contos, encaixados um no outro. É algo especialmente notório em textos como «A colônia penal», em que a história que chama a atenção é a da máquina de torturar-escrever, que tanto deu o que fazer a críticos e intérpretes. Essa história, contudo, está emoldurada noutra, a do problema administrativo gerado na Colônia. Como se advertisse que o assunto «interno» podia monopolizar em excesso a atenção do leitor, Kafka fez crescer em outros relatos o «marco», mas também excluindo-o em alguns textos, tais como «O professor escolar». E de fato romances como *O castelo* e *O processo* são descrições do marco de um centro que fica vazio. Talvez aqui esteja o segredo da inovação de Kafka, a chave do «kafkiano». Desde sempre na literatura dos relatos, longos ou curtos, utilizou-se uma segunda história, ocasional, para emoldurar, presentear ou pôr em cena a invenção principal. Kafka acabou eliminando essa invenção, ainda que desenhando em oco com a invenção secundária. Ao não dizer nada sobre este centro (sobre o que acontece dentro do castelo, ou do conteúdo do processo), criou um universo peculiar, que soa a formalista, vazio, e desse vazio irradia um sentimento angustiante de inutilidade que contamina a atividade das personagens.

Em «Josefina...», o relato-marco, na realidade o único tema de que se propõe falar o narrador (o do canto *ready-made* é uma preliminar para que se entenda o resto), é a questão do pagamento que Josefina reclama por suas contribuições artísticas, pagamento que a cidade dos ratos se nega, bem razoavelmente, a fazer. É como se, nesse caso, a partir do relato periférico fosse possível detectar o vazio essencial do núcleo; mas, diferentemente do que acontecia em O *castelo* ou em O *processo*, esse núcleo central está habitado por Josefina, que insiste em reclamar seu reconhecimento, que outra coisa não é além de seu pagamento.

Neste ponto devemos nos voltar ao «conteúdo», isto é, desmascarar as personagens da fábula. Ver por trás de Josefina o artista do século XX, e por trás da cidade dos ratos a sociedade contemporânea. A partir de Duchamp, o artista abandona a artesanalidade do fabricante de objetos, e ao renunciar ao trabalho, deveria também renunciar a toda retribuição que não fosse abstrata ou intelectual. Isso os ratos estão dispostos a conceder. Mas o artista pede, além, um pagamento em dinheiro, e aí se inicia um caminho sem volta; não pode deixar de exigir o pagamento, mesmo, sobretudo, quando ficou evidente que não lhe pagariam. Seu único recurso é legitimar-se historicamente; sem ele, é como se sua arte não se tornasse realidade.

Aqui vemos que nesse conto (o último terminado por Kafka, talvez o último que escreveu) a relação entre o que chamei «invenção inicial» e «marco» se altera, quase some. Em «A colônia penal» havia um equilíbrio perfeito entre ambos; em «O professor escolar» a invenção inicial (a topeira gigante) desaparece, mas conserva seus contornos (inconfundíveis, em se tratando de uma topeira gigante); nos romances, por sua vez, desaparece sem deixar vestígio, pois o marco devora tudo. Aqui, em «Josefina», ele reaparece, não já como o conteúdo de um recipiente, mas quase como o efeito de uma causa: os ratos se negam a pagar porque o canto é um *ready-made*, isto é, algo que incorporou tematicamente o vazio. É um vazio de trabalho, e logicamente não querem pagar por ele. Se Josefina insiste a despeito dessa lógica, é porque descobriu que a falta de trabalho não equivale à falta de arte.

A conclusão seria de que o trabalho habita o tempo e o constitui; o trabalho, de um modo ou outro, sempre é o trabalho de criar efeitos a partir de causas. Mas em certo momento da história é possível supor o efeito pela causa, até mesmo adiantá-lo, e isso pode receber o nome «arte».

Kafka não era um crítico de arte, e evidentemente não sabia da existência de Duchamp e dos *ready-mades*. Mas vivia a mesma História e estava exposto aos mesmos estímulos. O formato que deu à sua invenção simultânea foi o da fábula, com o que a literatura, tal como já fizera outras vezes no passado, utilizou suas expansões pelo sistema das artes para criar realidade. Talvez aí encontraremos a razão mais antiga das velhas fábulas, que não deveria ser a repetição estéril, mas a repetição evolutiva. Para que haja criação, é necessário passar a outro nível. E que outro nível resta senão o da realidade? Se fosse uma fábula, a moral do conto de Josefina seria precisamente a história da arte do século XX, tal como aconteceu. A moral das fábulas, se são fábulas cabais, é redundante: repete o que já foi dito e oferece apenas a modesta gratificação do reconhecimento. Para sair do redundante, para que haja algo novo, é preciso que se ponha em marcha a História, e a História é real. Na eternidade (a espécie) da cidade dos ratos, o canto de Josefina foi um fato histórico, assim como o foram a fábula, o *ready-mad*e, Duchamp e Kafka.

A BONECA VIAJANTE

Ano passado, depois de vencer os detectores de metais num aeroporto, ouvi alguns gritos rasgantes que fizeram com que todos olhassem para trás. Era uma menininha, de três ou quatro anos, chorando desesperada. A mãe pegara-a no colo e em vão tentava acalmá-la. Os gritos aumentavam de volume, carregados de uma angústia que a menina, evidentemente, empenhava-se em tornar pública. Abraçava uma boneca, gesto que me fazia deduzir o acontecido: os seguranças tinham revistado o brinquedo. Confirmei quando passaram ao meu lado e ouvi a mãe dizendo: «Juro que não fizeram nada, juro...». Alguém me disse depois, quando contei a história, que bonecas e brinquedos são especialmente temidos nessas circunstâncias, porque os seqüestradores de aviões já os utilizaram mais de uma vez para introduzir armas. Quem saberá o que passou pela cabeça dessa menina ao ver sua boneca nas mãos dos policiais; talvez tivessem espetado agulhas ou apalpado de um modo ameaçador; talvez uma espécie de violação vicária; enfim, as meninas depositam muitos sentimentos em suas bonecas. Seja como for, a boneca passara o exame, mesmo às custas das lágrimas de sua dona, e já estava «em trânsito». A situação me fez lembrar de uma história pouco conhecida da vida de Kafka.

Em 1923, vivendo em Berlim, Kafka costumava ir a um parque, o Steglitz, que ainda existe. Certo dia encontrou uma menina chorando, tinha perdido sua boneca. Kafka naquele instante inventou uma história: a boneca não estava perdida, apenas tinha saído de viagem para conhecer o mundo. Tinha escrito uma carta, que ele possuía em sua casa e lhe traria no dia seguinte. E assim foi: dedicou aquela noite a escrever a carta, com toda sinceridade. (Dora Diamant, quem conta a história, diz: «Entrou no mesmo estado de tensão nervosa que o possuía a cada vez que se sentava em seu escritório, fosse para escrever uma carta ou um cartão-postal».) No dia seguinte, a menina esperava-o no parque, e a «correspondência» prosseguiu à razão de uma carta por dia, durante três semanas. A boneca nunca esquecia de enviar seu amor à menina, de quem lembrava e a quem abandonava. Suas aventuras no estrangeiro a mantinham longe, e com a aceleração própria do mundo da fantasia, tais aventuras acabaram em noivado, compromisso, casamento e filhos, de modo que a volta era adiada indefinidamente. Isso para que então a menina, leitora fascinada desse romance epistolar, se conformasse com a perda, a que por fim acabou vendo como uma ganância.

Privilegiada menina berlinense, única leitora do livro mais belo de Kafka. Contaram-me, e quero acreditar ser verdade, que o grande estudioso de Kafka, Klaus Wagenbach, procurou essa menina durante anos, interrogou vizinhos do parque, consultou o cadastramento da área, pôs avisos nos jornais, tudo em vão. E até o dia de hoje visita periodicamente o parque Steglitz, examinando as senhoras mais velhas que vão até lá brincar com seus netos... A menina já deve passar a casa dos noventa anos, será muito difícil encontrá-la. Mas o esforço vale a pena. Essas cartas de uma boneca têm tudo para fazer sonhar não só a um editor como Klaus Wagenbach.

O pranto de minha menina no aeroporto se enlaçava ao da menina no parque Steglitz, a oitenta anos de distância. Tendemos a sorrir diante do choro das crianças, seus dramas nos parecem menores e fáceis de solucionar. Mas para elas não são. Fazer o esforço de entrar nas relatividades de seu mundo equivale ao trabalho de entrar no mundo de um artista, onde tudo é signo.

O contrato de uma menina com sua boneca é um contrato semiótico, uma criação de sentido, sustentada pela tensão do verossímil com a fantasia. Daí que a anedota não seja casual: Kafka foi o maior descobridor de signos da vida moderna. Reiner Stach, em sua biografia de Kafka, assinala com muita pertinência que para o escritor não se trata apenas de saber observar, é preciso descobrir os signos ocultos naquilo que se observa. A elogiada precisão cirúrgica do olhar de Kafka se tornava escritura na transmutação do visível em signo.

O desaparecimento do livro das cartas à boneca, por mais que lamentemos, deveria ser visto como um signo positivo. É o elemento que, por sua ausência, dá sentido ao resto da obra, ou seja, uma saga de desaparecimentos cuja presença em forma de relatos, de escritura, tem por função cicatrizar a ferida da perda.

Por menor que seja nossa atenção, foi essa função o que deu origem às histórias contadas às crianças para ensinar-lhes temer o mundo e, ao mesmo tempo, para que aprendessem que o mundo já existia antes e que continuaria existindo sem elas. Foi essa função terapêutica e didática que a obra de Kafka realizou, e por isso com ele se fecha o ciclo histórico da literatura infantil. Seus contos de fadas tornaram anacrônicos todos os demais, e o século XX, por sua causa, não teve seus Perrault nem seus Andersen (nem seu Dickens). Mas teve Kafka, e é o bastante.

A HORA AZUL

No terraço do Gallo, E. e eu esperamos «a hora azul»; tradutores experimentados os dois, ela ao alemão, eu ao castelhano, queremos comprovar com os fatos, com a cor da realidade, se nossas respectivas traduções da «l'heure bleu» francesa coincidem com o azul do céu de cristal de Buenos Aires. Temo não acompanhar bem a conversa de um minuto atrás, quando E. citava Kafka: «Um livro deveria ser como o machado que rompe o mar de gelo que cobre nosso coração». Me perco numa fantasia. A frase pode soar um tanto patética, pode parecer quase o protótipo das intenções com as quais se faz má literatura. E, no entanto, me emociona e exalta. De repente, sinto-a como a única verdade que estava esperando no centro do labirinto do ofício de escritor. É um programa, uma razão secreta, uma esperança. Quero escrever um livro assim!

Mas escrevê-lo como? Para começar, é preciso ser bom escritor, porque um livro assim não se faz sozinho. Um escritor chega a ser bom quando já aprendeu muitas coisas e leu muitos livros. Não há um bom escritor selvagem, estou convencido disso, pelo menos não em nossa época. É preciso um longo caminho de estudo, leitura, reflexão. Esse caminho inevitavelmente nos afasta das fontes do sentimento. Cada passo dado nessa direção agrega um centímetro à casca de asceticismo e ironia que envolve nossos antigos sonhos. É esse o gelo que se deve quebrar com o machado, só que o machado, no entanto, também é de gelo. É um paradoxo insuperável. Toda a força que podemos reunir em nossa aprendizagem é uma força fria, a força de que necessitamos para demolir crenças ingênuas ou gregárias, idéias feitas, sentimentalismos. Assim como o coração se cobre de um mar de gelo.

A prova de que Kafka tinha razão é o próprio paradoxo,

a armadilha que torna impossível a realização do desejo. O livro-machado é um milagre, e não temos o direito de esperar milagres. Mas ainda assim podemos esperá-lo. Temos feito tantas coisas irracionais que uma a mais não nos fará mal. No fundo do paradoxo talvez haja algo real e possível, um velho jovem, um civilizado selvagem, um mentiroso que diz a verdade. Por que não? A literatura é um laboratório de onde podem sair seres mais estranhos ainda. Ninguém sabe qual será o resultado final de tantas manipulações da sinceridade e da ironia.

É como se depois de aprender tivesse de desaparecer ou recuperar uma selvageria e uma violência que os bons modos da cultura nos fizeram perder.

Kafka não gostava de metáforas. Suspeitava, com razão, ser um recurso a mais do simulacro para se fazer passar por realidade. Deveríamos imitar essa desconfiança. Se alguém se deixa seduzir pelas belas imagens, acaba acreditando nelas. Corremos o risco de acordar um dia, após ter escrito cinqüenta livros, e nos dar conta de nunca ter dito nada do que nos estava acontecendo, mas sim de seus equivalentes em palavras. Nesse caso talvez a metáfora seja justa, já que parece uma metáfora «de volta», de retorno ao real. A imagem «de ida» com que um amigo da metáfora descrevera esse livro ideal era a do fogo que derrete o gelo, o amor que vence a indiferença. Mas aí permaneceríamos no campo da retórica bem-intencionada, e o gelo aproveitaria esse auto-engano para continuar engrossando. O machado da revelação começa abrindo um furo pelo qual sai nossa presunção literária, e só então podemos empunhá-la para quebrar o grande espelho polar.

Claro que é também preciso perguntar de que isso serviria. Uma vez que o machado quebra o gelo, e daí? Amar de novo? Acender novamente o fogo juvenil das ilusões, alimentá-lo com jovens metáforas? Seria um resultado muito decepcionante, mas não nos apressemos com a decepção, pois continuamos falando por metáforas. Até a palavra «amor» é uma. Não sabemos, nem podemos conceber, o que acontecerá quando a hora azul do céu chegar.

BRAULIO ARENAS:
POR UMA LITERATURA MODULAR

Um dos mais extraordinários escritores chilenos e hispano-americanos, Braulio Arenas (1913-88), parece condenado a um definitivo desconhecimento e menosprezo. As causas dessa notória injustiça são várias. Uma delas é a classificação, que o coloca na condição fácil de «poeta surrealista» (coisa que foi, e com firme entusiasmo), e desalenta a leitura. Outra é a dispersão de sua obra: escreveu poesia, romances, contos, teatro, ensaios, crônicas. Não se deteve nunca para capitalizar o já feito, mas avançou numa atitude experimental, de fato acentuada em sua velhice. Também conspiram contra ele a falta de drama de sua vida, bem como certo verniz oficial e até pinochetista que o cobriu nos últimos anos. Para culminar, não saiu nunca do circuito das editoras chilenas; e como se ainda faltasse algo, teve a curiosa e desafortunada idéia de reescrever em sua velhice alguns de seus romances juvenis, estragando-os sem dó.

Todos estes, no entanto, são motivos circunstanciais que poderiam ter sido superados. Há outro mais decisivo, inerente à obra e ao autor: a cortesia de fazer o leitor pensar que ele teria feito melhor. Com efeito, tomados um a um, seus livros são defeituosos, parecem realizações imperfeitas de boas idéias, acontecimentos provisórios num transcurso em que o importante está em outro lugar. Os sentidos estão suspensos, só ganham corpo no sistema geral de sua obra. E quem se dará o trabalho, hoje, de ler os trinta ou quarenta livros de Braulio Arenas?

Toda tentativa de interpretação prestigiosa cai diante dos embates vitoriosos da leitura. Arenas foi desses escritores felizes em poder continuar escrevendo, e se há de reconhecer que o segredo das grandes famas literárias com freqüência esteve em não escrever. Caso ele tivesse se abstido depois de seus primeiros dois ou três romances (*Adiós a la familia, La endemoniada de*

Santiago), estaríamos celebrando-o como o autor supremamente original que dedicou toda a sua obra ao relato de um só dia, um dia do ano de 1929, em que seu protagonista de dezesseis anos, sempre distinto e sempre o mesmo, descobre o amor, espia o mistério, morre e renasce.

Mas esse foi apenas o começo de sua carreira. O dia ficou atrás, e houve muitos outros livros sobre outros dias, sobre outras mortes e renascimentos. Em alguns dos últimos acreditei ter encontrado uma pista para desentranhar o segredo dessa obra intrigante e da «fuga para frente» de seu autor.

Um de seus melhores romances, *El castillo de Perth* (1969), o único que conseguiu alguma difusão fora do Chile, já que houve uma edição espanhola (Seix Barral, 1978), é um raro triunfo sobre um gênero habitualmente condenado ao fracasso: o romance onírico. Com efeito, é o relato de um longo sonho de um jovem provinciano de vinte e um anos, provavelmente em La Serena, cidade natal do autor, em 2 de junho de 1934, após se inteirar da morte de uma jovem de quem havia sido colega em brincadeiras infantis. Essa menina, Beatriz Perth, tinha vivido no povoado enquanto seu pai, o engenheiro Carlos Perth, construía uma ponte. A família ficava completa com a mãe, Isabel, uma senhora insignificante de quem o jovem lembra apenas o gesto de levar as duas mãos à cabeça para ajeitar o penteado. Desde que a família do engenheiro tinha voltado à capital, o jovem (que se chamava Dagoberto) não sabia mais deles. Dez anos depois, lê no jornal o obituário de Isabel. Na comoção, sai ao jardim, de camisa e pantufas, toma frio, volta a entrar, febril, recosta-se num divã e adormece.

O sonho, que é todo o romance, acontece em 2 de junho de 1134, no castelo do pérfido Conde de Perth. O elenco de personagens é reduzido: o conde, a condessa Isabel e a bela Beatriz, que em alguns momentos se desdobram. Dagoberto, sempre de camisa e pantufas, sempre recuperando a posição reclinada no divã, é ao mesmo tempo testemunha e ator, também desdobrado em outro Dagoberto, o Imperador da Ásia, que invade o castelo com suas tropas, terminando por destruí-lo. As aventuras são esplêndidas, surpreendentes, muito visuais. Uma de suas invenções mais felizes é a que explica a pouca expressividade do conde de

Perth (quer dizer, do insosso engenheiro, pai da amiga do sonhador); em realidade era uma estátua, dotada de vida por erro de uma fada desastrada. Certa ocasião, um feitiço transformou em estátuas de pedra um grupo de cavaleiros que se encontrava numa igreja, onde havia uma estátua deitada; veio a fada executar o contra-feitiço que devolveria vida aos encantados, não lhe ocorrendo que nele iria incluir uma estátua verdadeira... Mas o encanto do livro vai além da invenção romanesca, são necessárias várias leituras para captar seu segredo.

Este se encontra, parece-me, na construção modular. Com efeito, tudo o que acontece no romance é uma combinatória de uma dezena de gestos e atitudes que se repetem mudando o contexto, e com ele o sentido, porém mantendo intacta a forma. A condessa, por exemplo, em cada uma de suas aparições termina, ou começa, levando as mãos à cabeça (na vida real, tratava-se da insignificante esposa do engenheiro, de quem o sonhador lembra apenas esse gesto), e, segundo o curso da aventura, faz isso para pôr ou tirar uma coroa ou um véu, para arrancar uma peruca, para espantar um falcão que a ataca, para extrair da cabeleira uma pomba, com a qual enviará um pedido de socorro... Com tudo acontece o mesmo; trata-se de um Lego mágico cujas peças sempre admitem uma posição nova, e o prazer do reconhecimento potencializa a surpresa, ao imitá-la. Esse método é o que permite ao autor triunfar sobre o tédio quase inevitável aos relatos de sonhos: a sucessão desconexa do «vale tudo» onírico encontra em *El castillo de Perth* (e se trata de uma expressão raríssima) a Via Régia para se tornar obra de arte.

E, de passagem, em sua esquisita artificialidade, o procedimento recupera o realismo, porque é assim como os sonhos são gerados, nada são além de uma combinatória, guiada pelo desejo, de uns poucos «restos diurnos». Para reposicioná-los, inventa-se um relato.

Essa construção modular se revela como o denominador comum de toda a obra de Braulio Arenas, nos distintos gêneros que praticou. Um denominador comum difícil de ser percebido porque, dada a sua própria natureza, inclina-se à metamorfose e ao enigma. Contudo, uma vez localizado, explica algumas de suas preferências, tais como o xadrez, a colagem, a música...

Mais que isso, explica sua filiação surrealista, escola em que a re-contextualização de módulos narrativos ou visuais é um conceito-chave. Diria eu que chega até a explicar porque tenha escrito tanto, pois já se sabe que nos jogos da combinatória tudo é começar, e não se acaba nunca.

O procedimento modular chega à sua culminação no mais estranho dos romances de Arenas, e meu favorito, *Los esclavos de sus pasiones* (1975). Também é o mais desconhecido, pois não teve mais que uma edição, desaparecendo há décadas das livrarias. É um romance que o autor não escreveu, mas montou. O texto é recortado de folhetins chilenos do século passado em fragmentos curtos, de meia-frase a um parágrafo, e com eles se encaixa uma nova história. A única intervenção que se permite o autor é uniformizar os nomes. O efeito é semelhante ao dos romances gráficos de Max Ernst, também feitos com colagens. A originalidade de Arenas, que acentua a estrutura modular, consiste em repetir os fragmentos recortados, situando-os em circunstâncias distintas, o que cria uma atmosfera mecânica de indescritível estranhamento.

Borges montou a teoria extrema da literatura como combinatória, em «A Biblioteca de Babel»: vinte e oito letras, e dois ou três sinais de pontuação, misturados e re-misturados, resultam em todos os livros possíveis. Um livro determinado é a razão de um divido por um número enorme. Esse número diminui se no lugar de empregar letras como unidades se empreguem palavras, as que estão no Dicionário. A progressão pode continuar: em lugar de palavras podem-se empregar frases, as que estão nos livros já escritos. A cifra continua sendo enorme, mas já entra no campo da intuição.

Nesse romance, o último que escreveu, Braulio Arenas fez algo assim como o modelo da economia modular na literatura, restringindo-se, para maior claridade, ao padrão lingüístico. Mas antes, em todos os seus livros, não limitou a modulação a palavras ou frases; aplicou a gestos (como em *El castillo de Perth*), datas, lembranças, sentimentos e êxtases poéticos. Blocos de experiência, aos quais o jogo artístico transforma em sonho ou mito. Talvez a literatura seja isso, ao fim das contas. Nesse caso, talvez devêssemos prestar mais atenção a esse chileno obscuro e esquecido.

OS QUADROS DE PRIOR

Os quadros de Alfredo Prior encontram uma história em qualquer parte. Há quadros para que haja história, e as histórias nada mais são que as respostas aos «por quê»: «por que há quadro», «por que este quadro e não outro» etc. Num segundo estágio a pintura se oferece ao deleite e ao hábito, mas o pintor permanece no primeiro momento: é um primitivo da percepção pictórica.

«Ninguém pode viver sem uma história», um pintor abstrato menos ainda. Se é que há pintores abstratos. Prior cria histórias na pintura, faz correr pela superfície resvaladia do espaço um furacão de tempo.

Nos quadros, o gesto costuma representar o tempo, o gesto de pintar, por exemplo. Os cenários das personagens de Prior criam pintura em sua mobilidade fixa; difundem na superfície pintada um espaço temporal, pois algo teve de passar para que chegassem ali. Por sua mera presença, o coelho, o boneco de neve, são todos pintores. Fazem bosques, pântanos, cavernas, mares, desertos, mundos... Operam a transmutação do plano em volume de relato, e permanecem fazendo isso mesmo ao se retirarem do quadro. Em todos os quadros abstratos do mundo poderiam encontrar sua casinha acolhedora. Nesse transporte virtual da figura há algo de escultórico, de bibelô levado de lá pra cá.

E dessa sugestão de escultura provém um dos fetiches prediletos de Prior, o boneco de neve. (O coelho atarefado é outra versão do mesmo, talvez por sua multiplicação proverbial; os coelhos, velozes escultores de coelhos clones... Salvo que o coelho de Prior é celibatário.)

Outra alusão à escultura está na relação de tamanhos. Em realidade, sempre houve uma equivalência nos contrastes de abstração e figuração por um lado, miniatura e desmedida por outro. Além de serem representadas, as personagens de Prior representam algo, como a formiga, na fórmula, representa a atividade. Isso as torna *cosa mentale*, ou seja, miniatura, papel onde se encontram para narrar suas fábulas dimensionais.

Tudo é questão de trabalho, dedicação, porém colocados sobre um fundo de dom absoluto, para que desde o princípio não se trate, nunca, de «pintar melhor».

A lição do Oriente salvou Prior da trivialidade da «pintura dentro da pintura».

Nele, a pintura sempre derivou do relato, do exotismo perplexo das perguntas; à monotonia de ser um «colorista nato» preferiu a pergunta: De que cor era o cavalo branco de Napoleão? Interrogar-se começa com o tique de levantar as sobrancelhas, pôr rendondos os olhos, entreabrir a boca... Em Prior, o gesto começou a se manifestar como uma fisiognomonia, em diminutos retratos de ursos...

Uma pintura gestual, poder-se-ia dizer. O gesto de um barco atravessando o mar, de um macaco trepado numa palmeira, de Napoleão com a mão no peito... O gesto de Napoleão é o oposto de acreditar-se Napoleão, e com esse gesto criar espaço, Europa, Egito: o gesto de escutar música. Ou, mais genérico, o tique de ter uma história para contar.

Alucinação artesanal que, vista na perspectiva de uma vida de artista, é certeza. Certeza louca, certeza impossível e ao mesmo tempo muito real. Napoleão esconde uma mão no casaco...

«Isto é uma mão», diz a proposição sobre a qual Wittgenstein arma suas razões sobre a certeza: «Se sabes que aqui há uma mão, conceder-te-emos todo o resto». Mas hoje sabemos que era uma alusão a seu irmão pianista, a quem faltava uma das mãos e que no entanto podia sentir cada um dos dedos, calculando a melhor digitação para as paisagens difíceis dessa mão ausente.

Pois bem, suponhamos um pintor a quem falte uma das mãos. Cándido López, por exemplo. Caso a tivesse, usaria-a para pintar. E o mais extraordinário é que a tem, e do fundo da alucinação, da simetria dos espelhos, resulta que há um pintor.

UM TESTE

A aparição de um novo livro de Emeterio Cerro, *Los teros del Danubio*, no que pode certamente incitar a gozação e o silêncio que vêm se alternando contra esse autor, é uma boa ocasião para dizer duas palavras sobre ele. Não com intenção polêmica, nem querendo convencer ninguém (seria inútil ou contraproducente). Trata-se de definir o que Emeterio Cerro representa para nós, ou melhor: o que é um escritor genial para seus contemporâneos. O que são estes livrinhos sem pé nem cabeça, que todo mundo se apressa em descartar como glossolalias taradas, e que sempre fazem pensar no traje novo do imperador e no esnobismo pueril dos incapazes? Antes de qualquer outra coisa, são um teste. Uma pedra-de-toque ou prova de fogo revelada àqueles que crêem que a literatura pode ser uma atividade inócua, um dever escolar bem-feito ou um instrumento de prestígio; aos que crêem que possa não ser um extremismo, ou que se pode ser artista e continuar pertencendo à sociedade, inclusive gozar do melhor de dois mundos. Que se pode ser um grande artista e não sofrer escárnios (que espertos!). A prova funciona num automatismo de chip. Aquele que não ama Emeterio Cerro não ama a literatura, simples assim. É claro que amar a literatura não é obrigatório, sequer aconselhável. Mas aqueles que riem de Emeterio Cerro em nome da literatura cometem um grande engano. O que é literatura para eles então? Algo apresentável, sério, que possa agradar às senhoras? Nabokov, Marguerite Yorcenar, Octavio Paz? Se é assim, é preciso dizer-lhes que estão equivocados. E não se trata de um engano que se possa dissipar com esforço e boa vontade. A literatura é algo incompreensível. Isso é absoluto. Mas não se trata de um incompreensível hermético, esotérico, ou, em geral, «fino». Incompreensível deve ser o escritor, não a obra. Incompreensível por não se ajustar à etiqueta social da linguagem, como um palhaço num velório. E, sobretudo, incompreensível não para os demais, mas para ele mesmo. Emeterio é o grande obus no coração da elite, aquela que está sempre pensando: isso é escandaloso para os demais, é incompreensível para os demais, que sorte eu estar do lado bom! Pois bem: não. Estão do lado mau. É a eles justamente que literatura transforma em «os demais», a quem escandaliza e descoloca. É preciso ir à profunda e desalentadora verdade do óbvio: incompreensível é aquilo que não compreendo. É certo que com tempo se fará compreensível, mas o que importa é sua qualidade de presente. O abuso da história está nos confundindo terrivelmente; os contemporâneos de Raymond Roussel não o compreendiam, mas o compreendemos nós, oitenta anos depois; imediatamente fazemos um pequeno passe-de-mágica e nos acreditamos os contemporâneos de Roussel, *porém compreendendo-o*, fraternais, iluminados, conspirativos, justos. E é mentira, porque a condição para ser contemporâneo de Roussel é não compreendê-lo. Em sua época, Roussel passou por louco, charlatão, equivocado e esnobe: nenhum exercício de boa consciência pode apagar isso porque é o que aconteceu. O que mais se pôde fazer naquele momento, e houve vários que o fizeram, foi reconhecer que Roussel, ao fim das contas, era literatura. A História é um parque de diversões de pedra, imóvel e fatal. Acreditar em outra coisa é como acreditar em extraterrestres. Poder-se-á objetar que com esse critério qualquer galimatia petardista tem mais direito à eternidade que o trabalho honesto de tantos escritores que se ajustam ao gosto e às expectativas dos leitores. Pois bem: sim! É assim, acredite-se ou não. Quem disse que a literatura era uma profissão para bem-pensantes?

UM BARROCO DO NOSSO TEMPO

Copi exerceu seu gênio em três ou quatro áreas: a história em quadrinhos, a narrativa e o teatro como autor e ator. Não é raro um autor mostrar sorte em distintos gêneros, por vezes com igual êxito, ou que um pintor escreva, um romancista faça cinema, ou qualquer outra combinação. Não é impossível que o futuro imediato da arte resida nessas passagens. A grandeza singular de Copi reside em ter posto funcionar uma máquina artística geral que poderia alcançar suas metas, mas só ali, no deslizamento interior de uma forma à outra. Alguns críticos notaram que suas HQs já constituíam um minúsculo teatro: mantêm um ponto de vista fixo, de espectador sentado diante das personagens em cena. Do mesmo modo, seu teatro tem o estilo sucessivo da HQ, sua narrativa tem a unidade temporal do teatro, e seu uso da língua o mesmo minimalismo semiótico de seus desenhos, o que, por sua vez, se repete nas situações de suas obras teatrais... Estes cós, claro, podem ser explicados pela persistência de um estilo, mas no seu caso isso seria simplificar as coisas. Porque o estilo de Copi, ou ele próprio, não é uma forma que atua sobre conteúdos indiscriminados, mas uma continuidade de transformações de forma a fundo e vice-versa. Por haver passagem, há aceleração; e o que primeiro atrai em Copi é sua enorme velocidade, uma velocidade que produz transformações, após ter sido produzida por elas. Copi era consciente desse dispositivo que inventara (era, pois, um refinado teórico de si mesmo, a despeito da imagem que cultivava de artista selvagem), e diz isso em seu penúltimo drama, *Lês escallers du Sacré-Coeur*, auto-sacramental em verso que pode ser lido como seu testamento:

Est si je m'exprime em vers
c'est parce que lê temps m'incite
a parler toujours plus vite.
Je suis prise d'un vertige
qui frisse l'imaginaire.

(E se me expresso em verso/ é porque o tempo me incita/ a falar cada vez mais rápido./ Sou presa de uma vertigem/ que frissa o imaginário.) Com efeito, uma velocidade sobrehumana desemboca na imagem, não para ali fazer lugar, mas para iniciar a vida, a transmutação natural da arte. A imagem, para Copi, é o transexual em ação, ou seja, a Mulher. O mundinho gay de Paris foi, para ele, o palco de transformações que tornou sua arte possível; mas diferente de grandes sacadas anteriores no mesmo terreno, como Zazie, de Queneau, ou os romances de Genet, que no fim das contas se limitam em utilizá-lo como tema, Copi criou um contínuo multidimensional que inclui a passagem arte/realidade num sistema muito mais amplo, uma passagem generalizada. Sua obra é um catálogo de transmutações; sobre o suporte de uma rapidez frenética, passamos do desejo ao ato, do instante à eternidade, do homem à mulher, da vida à morte, do humano ao animal, da memória ao esquecimento, de um idioma a outro etc. O único antecedente que vale a pena mencionar é o dos grandes barrocos: Shakespeare, Cervantes, Velázquez. Acredito que Copi foi o maior artista barroco de nosso tempo, um cidadão do Grande Teatro do Mundo, salvo que esse Teatro (e esse Mundo), o ambiente travesti em que viveu, saiu da realidade, tal como um *objet trouvé* duchampiano, pronto para entrar na fita infinita das mudanças. E, entretanto, não foi um pós-moderno: basta compará-lo ao filme de Almodóvar, *La ley del deseo*, uma ilustração da temática de Copi, para ver o abismo que os separa; o argentino foi uma das últimas encarnações do grande artista modernista, que assume a grande responsabilidade de inventar uma história e colocá-la no mundo como algo que acontece de verdade. A partir daí, e só a partir daí, abriam-se as perspectivas barrocas do Sistema das Artes. No que toca à invenção, Copi era muito restrito; certa ocasião, quando se tentou filiá-lo a alguma corrente gestual ou espontânea, reagiu energicamente: «O *happening* é algo que me dá calafrios. É como se alguém entrasse aqui e mijasse na pia. É odioso e vazio de história. O *happening* é o que não acontece». A propósito do cinema, deve-se dizer que foi o que este homem renascentista não praticou; mais que isso, Copi odiava o cinema, e, segundo ele, «por lealdade ao teatro», mas na verdade porque seu sistema de acelerações até a imagem tornava-o desnecessário; algo parecido pode ser dito da música, impossível em Copi, já que não concebia o «tempo real», suporte exclusivo da música, desprovido de uma história, ou seja, da possibilidade de se tornar instante na memória-esquecimento. Porque esses dois termos se identificam, num dos passes mais assombrosos do mago literário que Copi é; isso acontece sobretudo em seus dois melhores trabalhos, *La cité des rats*, em que desenvolve explicitamente sua teoria da consciência e do acontecimento, e nesse grande festival de amnésias operativas que é *El baile de las locas*, por onde o leitor deveria começar. Deveria também começar por *El uruguayo*, seu primeiro relato mas não sua primeira grande obra, já que a peça *Eva Perón* data de alguns anos antes. De seu teatro, lamentavelmente ainda sem tradução, o ponto mais alto acredito ser *Las cuatro gemelas*, que funciona do início ao fim a golpes de ressurreição. Não são inferiores *El homosexual o la dificultad de expresarse* (a preferida de Copi), a incrível *Loretta Strong*, ou *La noche de Mme. Lucienne*, em que o perspectivismo barroco alcança uma tensão tal que mesmo o mais entusiasta leitor de *El vergonzoso en Palacio* ou *La vida es sueño* poderia suspeitar. Quanto às narrativas coligidas em *Virginia Woolf ataca de nuevo*, são tão boas que saem do sistema Copi; com elas, num último grau do contínuo, entra para o universal e anônimo, Sherazade poderia tê-las contado ao sultão, ou um pai para fazer adormecer seus filhos. Em seu último romance e em sua última peça, *La Internacional Argentina* e *Una visita inesperada*, perdeu-se o impulso paroxístico que dominava sua criação, o que não é de estranhar, pois em ambos o movimento está obstruído por um tema; que sejam temas tão melancólicos como a Argentina ou a AIDS é coerente com o cansaço ou o desengano de fim de linha, a doença e a morte, pois o contínuo de Copi não foi uma invenção flutuante, mas o mito de uma vida real, uma «verdadeira história», daquelas que ele mesmo julgava imprescindíveis para que houvesse arte.

DUAS NOTAS SOBRE *MOBY DICK*

1

Moby Dick, a baleia branca, é, quem duvida, um monstro, ou seja, uma espécie que consiste de um só exemplar. Quando há monstro, é infalível que haja um caçador obcecado por ele: sua sombra, seu gêmeo humano, sua nêmesis. A morte do monstro é a extinção de sua espécie, e *Moby Dick*, o romance, é o relato de uma extinção.

Por ser único, o monstro não pode se reproduzir, embora compense sua solidão com uma diabólica capacidade de se reduplicar num meio alheio à Natureza, como imagem, signo ou miniatura. Ninguém que o tenha visto, uma vez que seja, poderá esquecê-lo, nem resistirá à tentação de contar ou pintá-lo. Por isso as crianças amam os monstros: porque com eles se fazem as melhores brincadeiras. O fascínio que os dinossauros exercem sobre a infância deriva de um aperfeiçoamento formidável e irrepetível desse mecanismo. Os dinossauros cobriam o mundo, eram uma pitoresca sociedade organizada e hierarquizada que se extinguiu: ao escapar dos ciclos da reprodução substancial, multiplicaram sua potência de reprodução formal.

É preciso ser adulto para perceber toda a melancolia do monstro. Já nos acostumamos às respectivas idéias da morte dos indivíduos e da extinção das espécies, mas quando se dão juntas não há consolo. No entanto, sempre há consolo; o adulto pode dar um passo além em sua própria evolução, tornar-se artista, e assim voltar a amar o monstro, sua personagem favorita, a único a que pode despregar todo vigor e riqueza da imagem. Ele mesmo se torna monstro, numa fecunda identificação; seu poder de reprodução se desloca a mundos imaginários. Até a melancolia deixa então de ser uma tarefa pessimista, passando à inspiração, ou ao menos se convertendo em instrumento de trabalho.

A extinção é uma intervenção da História na Natureza. De repente o único se revela, no justo momento em que morre: o processo é análogo ao da literatura, que pretende criar uma particularidade absoluta sem anular o curso das repetições e reproduções que constituem a Vida por fora da Obra, destacando-a por contraste. O escritor é um especialista em monstros, e toda grande obra literária está banhada pela atmosfera melancólica de uma extinção eminente.

Ortega y Gasset nunca foi tão lúcido como quando disse que «O mundo está composto por monstros e idiotas». É uma boa definição para *Moby Dick* e toda a obra de Melville. Mas temos motivos para duvidar da realidade de seu monstro mais trabalhado. Mesmo dentro do sistema do romance, Moby Dick existe? A grande baleia branca funciona como um objeto de obsessão, que por reflexo constitui a Ahab, não menos único que ela. A existência de Moby Dick, sua existência «real», quando somada à superfície do romance, é uma existência segunda, confirmatória de sua lenda. Como tal, não pode sobreviver senão na aniquilação, que arrasta a quem dela fez seu único objeto de pensamento, sua melhor idéia. Ahab vive na pendência de que seu pensamento se torne realidade, e a única coisa que sabe é que isso se dará quando menos esperar.

Para sustentar essa suspensão, Melville desenrolou a cena sobre o misterioso plano do mar, superfície e volume ao mesmo tempo. Ao mar vão os homens (ou iam), segundo explicam as primeiras páginas do livro, quando o sem-sentido da vida os torna insuportáveis. O mar é a máquina monstruificadora por excelência, pois nela vão apenas os homens, sem mulheres: no mar, os homens se afastam da espécie e se condenam a ser indivíduos por toda a eternidade. Em seu grande espelho opaco e ameaçador, a reprodução se volta sobre si mesma, internando-se no mundo do imaginário, rumo à alucinação.

Igual ao mar, o romance esconde e revela formas estranhas. Ao menos um romance como este. Acontece que os romances muito longos não são relidos com freqüência. Se são clássicos como *Moby Dick*, se foram lidos na juventude e depois lembrados, o esquecimento os enriquece infatigavelmente. Os acidentes da memória engendram todo tipo de quimera. Por vezes nos lançamos a reler um desses livros longuíssimos apenas para encontrar um detalhe estranho, misterioso, sugestivo que volta sem parar em nosso pensamento durante vinte ou trinta anos. Tipicamente, não o encontramos, simplesmente porque não existia. Tipicamente, resistimos em acreditar. O mecanismo é parecido ao de Ahab, lançando-se no mar em busca de sua baleia branca.

Moby Dick, o romance, também ficou como um gênero de um só exemplar. Muitos lamentaram (Alberto Girri, por exemplo, num belo poema) que esse magnífico exemplo de liberdade, de um romance aberto a todos os temas e registros não tenha sido aproveitado pelos romancistas que vieram depois. Mas talvez seja esse o destino, o melancólico destino do monstro, de toda verdadeira obra de arte.

2

A primeira frase de *Moby Dick*, «Call me Ishmael», é o «era uma vez» do romance moderno. A tradição popular a tornou célebre como modelo de começo eloqüente, insuperável e, sobretudo, inimitável. Um bom testemunho de sua fama está no HQ *Charlie Brown*, de Charles Schulz: a certa altura, Snoopy decide escrever um romance; depois de trabalhar muito, com a máquina de escrever sobre o teto de sua casa, chega a uma primeira versão, e pede a Lucy, a amiga hipercrítica de Charlie, que leia. Ela devolve com um elogio de compromisso e um sério reparo: o começo era frouxo, precisava algo mais forte... O cachorro põe então uma nova folha na máquina, pensa um instante, e recomeça: «Call me Snoopy».

Esse começo é um eterno problema para os tradutores. Há quem diga que essa frase sozinha dá mais trabalho que todo o resto, que não é pouco. Enrique Pezzoni, na muito bem elaborada tradução que fez na década de 1960 para o Fundo Nacional das Artes argentino optou por uma formulação curiosa: «Pueden ustedes llamarme Ismael». Quando lhe perguntei o motivo dessa escolha, disse-me que após experimentar cem alternativas, todas insatisfatórias, tinha ficado com essa apenas por se tratar de um endecassílabo de gaita galaica.

A dificuldade está em saber o que quer dizer essa pequena frase. É um desses casos em que não há contexto para decidir e em que, ao mesmo tempo, há contexto demais. Uma possibilidade seria o narrador preferir não revelar sua identidade, propondo assim um nome qualquer, para tornar mais cômoda a conversa. A não ser que não se trate de uma conversa, mas de um relato contado por uma só voz; então a cortesia estaria dirigida à imaginação dos leitores, que disporiam de um nome-chave para quando contarem a si mesmos a história, ou a outro. Como se *Em busca do tempo perdido* começasse «Podem me chamar Marcel» ou, melhor, «Digamos que me chamo Marcel». Nessa mesma linha, mas com uma volta de parafuso a mais, poder-se-ia pensar que assume a enunciação o próprio Melville, e pede que o chamem Ismael porque utilizará, por motivos técnicos, a primeira pessoa...

Tenho outra solução, na realidade tão óbvia que me surpreenderia alguém já não tê-la proposto: «Podem tutear-me» (ou «Pode tutear-me», porque outra ambigüidade sem solução é a do singular ou plural do interlocutor). O idioma inglês, ao conjugar os verbos e com um único pronome para a segunda pessoa, não possui níveis distintos para familiaridade e respeito, carência suprida com a discriminação de nomes e sobrenomes. Quando alguém se dirige a um interlocutor mais velho ou mais importante, diz «Mr. Melville...». Caso este prefira abolir a distância, proporá «Call me Herman», assim como nós dizemos «Podes tutear-me».[1] É preciso, claro, ter algum direito para dizê-lo, de modo que se Ismael diz isso, pode significar ser um ancião, ou que chegou a presidente do diretório de uma empresa naval. Mas, ao dizê-lo, adverte-nos que pelo momento renuncia a toda superioridade, postulando-se como o rapaz que foi no momento em que se deu a aventura. O que teria conseqüências na interpretação de todo o romance: não se trata de uma dessas aventuras do mar lidas por crianças, mas sim do conto de uma criança, a história de uma inocência que se extinguiu, tal como podem ler os adultos.

---

[1] «Podes usar o tu» ou «Pode me chamar de você». (Nota do Tradutor.)

A ONDA QUE LÊ

1

O *flipbook*, caderno de desenhos ou fotos em série que ao folhear-se rapidamente dá a sensação de movimento, é minha forma favorita de livro. Se eu fosse editor, minha editora se especializaria em *flipbooks*; se tivesse uma livraria, venderia apenas *flipbooks*. Se fosse colecionador, me dedicaria a eles. É o livro que se lê mais rápido (em três ou quatro segundos, calculo); a velocidade é essencial: lento, não funciona. Esse é um dos motivos de minha preferência. Não são dos livros que se acumulam à espera de que alguém tenha tempo e vontade. Não se olha o número da página onde se está, nem se calcula quando falta para acabá-lo.

E a ilusão. Estão feitos de ilusão e velocidade. O tempo e a magia, tão aleatórios nos livros convencionais, incorporaram-se nos *flipbooks* à técnica de sua fabricação, à sua razão de ser.

Os livros pequenos sempre me agradaram; o *flipbook* deve ser pequeno para que se possa manejá-lo com o polegar. Precisamente: *Pulgarcito*.

Com quanta inveja contemplamos, os aficionados pelos *flipbooks*, essas máquinas que os bancos possuem para contar notas. É concebível a existência de especialistas na manipulação dos *flipbooks*, homens os quais uma longa prática ou um dom natural deu-lhes a habilidade de fazer fluir o movimento com um realismo especial. Do mesmo modo como existem especialistas na leitura. E poderia também haver seus analfabetos.

Porque não deixam de ser livros. Têm tudo o que os livros têm, simplificado, acentuado, concentrado. Objetivam a vida, e a irradiam de volta, enriquecida. Tal como acontece com os bons livros, a realidade assume o formato pequeno e encantador do *flipbook*. No ginásio, por exemplo, onde alguém se acomoda num aparelho com pesos e inicia o exercício, seguindo um ritmo constante. Todo o corpo se torna polegar, tal como o polegar concentra o corpo todo. A figurinha anatômica articulada, em seu vai-e-vem contido num quadro.

Uma breve digressão sobre o polegar. Quando criança, li em alguma parte que esse dedo, tão importante no processo de hominização, tem mais força que os outros quatro dedos da mão juntos. Ponho isso à prova a cada vez que vou ao supermercado, onde, na seção de frutas e verduras, há uma balança eletrônica: apoio primeiro os quatro dedos juntos e faço toda força que posso, depois repetindo a operação com o polegar. No primeiro caso o visor marca nove quilos e novecentos, no segundo, nove e novecentos e cinqüenta.

2

A onda se mexe, os braços esticados para frente, nas mãos um livro aberto. Ela toda é uma só linha ondulante, suas extremidades comunicadas pelo movimento. Elegantíssima, *modern style*, uma chicotada de sedas em metamorfose. Um braço de deusa. Seu corpo é todo mar, ou parte do mar com que se funde. Emerge apenas a linha, que desenha num contínuo bastante volúvel a cabeça e o braço. A cabeça na ponta, grossa e trêmula, habitada por uma atividade secreta, um trabalho molecular incessante e criador. O braço tenso em sua maior extensão, como se quisesse alcançar algo que já possui: o livro. Mantém-no erguido, tomando-o pelos lados, embaixo, com dedos feitos de gotas que se rompem, se deslocam, correm como contas de um rosário de pérolas ocas, dedos que se rearmam em mil formas e que nunca soltam sua presa. O livro se sacode imperceptivelmente sem perder sua posição, aberto num ângulo de cento e setenta e cinco graus. Fixos nele estão os dois grandes olhos de água da cabeça da onda, e todo o conjunto avança em direção à praia.

A distância entre os olhos e as páginas nem sempre é a mesma. Em alguns momentos o braço está quase esticado demais, como estaria um leitor afetado pela presbiopia. Em outros aproxima, sem que o braço (do qual só vemos parte superior) se dobre por um cotovelo que não existe, parecendo então um míope. Mas a diferença nunca é grande. É preciso olhar com atenção para perceber as mudanças. O mesmo se pode dizer da oscilação do livro, do tamborilar dos dedos, do balançar da cabeça e da desacomodação assimétrica dos olhos; tudo participa na agitação pestanejante da cena. É um cenário de água, que se desloca num equilíbrio instável. Com exceção do livro, tudo é água. O centro de gravitação da massa muda o tempo todo de lugar. Pura tensão de superfície, o centro não é um centro, nem está em nenhum lado. A enervação das linhas de força da onda obedece a dinâmica dos fluidos, seu volume gigantesco se manifesta em linhas muito finas, de traço caprichoso e espontâneo.

O movimento, envolto numa luz muito branca, uma luz de leitura, se esgota em si mesmo como uma queda, mas que milagrosamente se renova. O livro se endireita, e os olhos da onda, que tinham se desviado, voltam a se abrir redondos e fixos, fixos na página.

POR QUE ESCREVI

Se me ponho a pensar por que escrevo, por que escrevi, por que poderia continuar escrevendo... Bem, como todo aquele que pensa em sua vida, em retrospectiva, não posso vê-la senão como um conjunto de acasos e conjunções acidentais. Diria que escrevi por descarte, porque para escrever não necessitava de um talento especial como para a pintura ou para a música. Com o tempo, muito demoradamente, na realidade agora, este ano, cheguei a admitir que a literatura é a arte suprema. Passei a vida inteira acreditando no contrário; que era um simulacro de arte, um exterior da arte.

Atrás dessa aceitação tardia veio outra, vacilando ainda mais e mais intrigante. Já tinha imaginado uma resposta à pergunta pela finalidade última de meu trabalho de escritor. Segundo ela, eu escreveria para que, caso a Argentina desaparecesse, os habitantes de um futuro hipotético sem a Argentina pudessem reconstruí-la a partir de meus livros.

Mas se achei isso, foi sem a menor convicção, como um acontecimento a mais, mais ou menos engenhoso, e de resto não muito original... Mas agora, ao admitir a supremacia da literatura, começo a vê-la sob outra luz, levando-a mais a sério.

Dois esclarecimentos, antes de começar a me explicar. O primeiro, de que para a literatura não se necessita nenhum talento especial. Não é bem assim, a julgar pela escassez extrema de bons escritores. Mas há nisso um fundo de verdade. Comprovei, ainda criança, ser surdo à música e cego à pintura, e simplesmente aceitei isso. Muito bem, ficava com a poesia. Comecei então a escrever, com Arturito,[1] e pude verificar, no

---

[1] Arturo Carrera (Coronel Pringles, 1948), poeta, autor de, entre outros, *Escrito con un nictógrafo* (1972), *aA. Momento de simetría* (1973), *Oro* (1975), *La partera canta* (1982), *Ciudad del colibrí* (1982), *Mi padre* (1983), *Arturo y yo* (1983), *Anima-*

contraste com ele, que eu tampouco servia para isso; não tinha nascido poeta como ele, e tudo a que poderia aspirar seria uma boa imitação. Daí deve vir minha convicção de que a literatura é uma espécie de simulacro, feito com prosa. E me dediquei a escrevê-la, laboriosamente. Uma prosa transparente, não-artística, informativa... Era preciso a maior claridade para se explicar bem, sobretudo para explicar o inexplicável. Mas essa técnica podia ser adquirida. No meu caso, levou quase vinte anos, escrevendo todos os dias, sem praticamente fazer outra coisa, como uma ginástica cega. Se tinha de escolher entre escrever e viver, escolhi escrever, o que era bastante inexplicável para um jovem. Mas ao cultivar exclusivamente a explicação, deixava crescer o inexplicável, que invadia tudo, e acabava sendo necessário aperfeiçoar a técnica mais e mais. Tinha algo de louco nisso, que hoje me deixa perplexo. Quando, nessa época, li Barthes e vi a diferença entre *écrivain* e *écrivant*, me identifiquei sem dúvida com o *écrivant*... Arturito era o escritor, eu, o escrevente.

Segundo esclarecimento: onde e quando cheguei a admitir que a literatura era a arte suprema. Foi há pouco, como disse, faz alguns meses. Li num livro (sou desses que precisam que as grandes verdades sejam ditas por outros). A frase foi dita por Paul Léautaud, no volume em que se transcreve as conversações dele com Robert Mallet. Não teria o mesmo efeito se fosse dita por outro, não só porque Léautaud é um de meus escritores favoritos, mas porque esse livro, que era o último dele que me faltava ler, completou, ou acreditei completar, minha imagem de Léautaud, podendo assim unir todas as peças. O elogio da literatura ganhava sentido em seu sistema geral.

Léautaud foi, como já disse num ensaio, desses escritores que não podem inventar, que escrevem exclusivamente sobre sua experiência. Sua obra se quer apenas como testemunho,

---

ciones suspendidas (1986), *Children's Corner* (1989), *Nacen los otros* (1993), *La banda oscura de Alejandro* (1994), *El vespertillo de las parcas* (1997), *Tratado de las sensaciones* (2001), *Carpe diem* (2003), *El coco* (2003), *Potlatch* (2004), *Pizarrón* (2004), *Noche y día* (com epílogo-haicai de César Aira) e *La inocencia* (2006). É também editor de *Monstruos. Antología de la joven poesía argentina*, lançado em 2001. (Nota do Tradutor.)

documento. É o primeiro dado com que se monta sua figura. O segundo seria sua pregação por uma linguagem simples e direta, sem adornos, uma prosa de Código Civil (seu escritor favorito era Stendhal). E o terceiro: escrever era seu maior prazer; isso também é dito a Robert Mallet, em resposta a uma pergunta: do que mais gostou na vida? «Escrever, e sentar numa poltrona para fumar.»

Mas o que advém desses três dados (escrever a partir da experiência, escrever sem arte e ter prazer em escrever), e como esse resultado leva à conclusão de que escrever é a arte suprema? Os dois primeiros pontos são na realidade um só, ou se deduz um do outro: em um testemunho verídico não cabem metáforas e aliterações. Teria de acrescentar que o prazer que Léautaud obtém da escritura é apenas privado, nada tem a ver com as gratificações públicas da literatura.

Há uma frase, que deve ter sido dita pelo próprio Léautaud, citada sempre como uma cifra de sua idéia de vantagem e finalidade da literatura: «escrever é viver duas vezes». Mas acredito que não seja bem isso. Se o disse, foi para se fazer entender. Escrever é viver, simplesmente, sob a condição de se acreditar não ter vivido. Léautaud também poderia dizer que não tinha vivido, culpando sua pobreza, sua timidez, o tempo roubado por seu amor aos animais... Porém, mesmo para ele aconteciam coisas, ainda que marginalmente. A quem não acontecem? E as escrevia em seus diários, crônicas, cartas. Com a escritura, as coisas que tinham acontecido ganhavam forma, tornavam-se definitivas, transformavam-se em vida. O marginal se tornava central. Escritos, os fatos ganhavam o que não tinham no acaso da experiência — e ganhavam isso no trabalho de escrever, que por sua vez ganhava a importância suprema de se estar realizando a experiência.

Já se vê, dadas essas premissas, quão fora de lugar estaria o *écrivain* barthesiano, o gosto pela textura da linguagem, o jogo dos timbres, matizes e rugosidades do discurso poético.

A língua pode conseguir tão-somente uma sombra imperfeita e árdua das sensações plenas dadas pela música, pela pintura ou pela arte em geral. É o escritor artista quem pode, com justiça, sentir nostalgia da arte e do talento para fazê-la. É ele quem não conseguiu ser músico ou pintor. O poeta, por sua vez, não tem o direito de acreditar que a literatura seja a arte suprema. Já o escritor da prosa de Código Civil, de prosa informativa vulgar, é quem se beneficia, sim, do poder máximo da literatura.

Precisamente, porque o que se pode fazer com esse tipo de prosa é um simulacro, e o simulacro bem-feito obriga a um longo rodeio, na realidade longuíssimo, porque dura a vida toda, dá a volta na experiência e nas leituras, na memória e no esquecimento. Em contraste com o relâmpago instantâneo em que se consuma a arte da verdade, o simulacro abre a possibilidade de um tempo comum, compartilhado com a humanidade.

Uma vez que se reconhece poder à literatura, tem-se de perguntar pelo que pode esse poder. Aqui, o mínimo coincide com o máximo. O mínimo: continuar vivo. Mesmo em más condições, doente, pobre, decrépito, ter sobrevivido aos fatos para poder dar testemunho. Escreve-se a partir desse mínimo, mas só pelo fato de escrevê-lo já se torna um máximo. A transformação do sujeito em testemunha cria o indivíduo, ou seja, a particularidade histórica intransferível. O escritor se investe dos superpoderes do único.

O único, por ser único, por estar fora de todo paradigma, ninguém sabe o quanto pode, o que pode. É esse o verossímil que sustenta o contraste entre o indivíduo que sobrevive e o mundo que morre.

Um efeito marginal da individualização, ou da história, é a inteligência. Stendhal disse: «A humanidade corre atrás da felicidade». Isso é algo que se tem de entender em termos individuais. E dizê-lo, como fez Stendhal, corre por conta de uma lucidez que só se pode expressar no cinismo, como o oposto da hipocrisia que rege a linguagem compartilhada.

«Os homens correm atrás da felicidade.» A isso se reduz tudo, no fim das contas, e é algo que se tem de reconhecer quando caem por terra todas as mentiras e auto-enganos. Se é que caem. E o que pode fazê-las cair? Uma vontade de verdade, uma obstinação militante no sentido comum, uma certa radicalidade, tudo muito característico de Léautaud. E tudo aquilo que poderia reposicionar a inteligência e a lucidez não concedidas ao mundo todo, mas muitíssimo perigosas se dadas como certas em alguém.

Qual era o maior prazer de Léautaud? Já mencionei: «escrever». Mas a menção se completa com isto: «e sentar numa poltrona para fumar». Como interpretar? Como prazer privado, improdutivo, não-participativo. Como uma negação a trabalhar, a ser útil. Aí começa, ou termina, a resistência à mentira. Se a humanidade corre atrás da felicidade, não é atrás da felicidade dos outros, mas da própria. Reconhecer isso é implodir todo um castelo de hipocrisia, e junto cai todo o mecanismo da linguagem comum da comunicação; a partir daí se tem de falar sozinho, ou seja, escrever.

Depois de todos esses poréns, volto à intenção original: escrever para poder reconstruir a Argentina, caso ela desapareça. Ocorrem-me três perguntas.

A primeira é esta: de onde saiu esta idéia tão peregrina de que a Argentina vai desaparecer? E se desaparecesse, quem teria interesse em reconstruí-la tal como foi? O razoável, nesse caso, seria fazer uma Argentina nova, melhor, mais eficaz. Minha idéia, no entanto, é a de uma reconstrução idêntica, exata, microscópica, até o último detalhe.

A isso se pode responder dizendo que o que desaparece, aquilo que leva quem morre, não é o mundo comum, mas o mundo de sua felicidade individual. É a única coisa que importa na reconstrução. Ninguém sabe do que depende sua felicidade, de modo que, preventivamente, deve fazer uma reconstrução completa, com cada átomo em seu devido lugar, porque a menor diferença poderia causar uma divergência catastrófica.

Quanto à desaparição em si, não importa quão improvável seja. Porque esta está no começo, não no final. É a premissa do prazer. No que me diz respeito, devo fazer um adendo à listagem de Léautaud: o que mais me dá prazer é ler. E o prazer da leitura está todo na reconstrução daquilo que desapareceu.

A segunda pergunta: por que a Argentina, e não o mundo? Se levarmos o caso adiante, o mundo poderia desaparecer tanto quanto a Argentina... E os objetos de minha nostalgia antecipada, aqueles que gostaria de preservar (uma árvore, um sorriso, o canto de um galo), pertencem mais ao mundo que à Argentina. Acontece que o mundo se organiza como Argentina para ser posto em linguagem. O mundo assume uma configuração nacional para tornar-se inteligível historicamente, e essa configuração é, justamente, uma linguagem. Pois bem, o que importa numa linguagem é o que entendem seus usuários; compartilhar uma linguagem faz uma nação; mas ao compartilhar uma linguagem, esta é entendida muito bem, assim como por fora da nação, é entendida mal. Há uma oscilação entre excessos, sem meios-termos, um jogo entre subentendido e mal-entendido. A linguagem que fala uma comunidade é um balbuceio todo feito de subentendidos; e nem bem a linguagem se torna arte, nas mãos de um poeta (o *écrivain* barthesiano), ela se universaliza, pela radicalidade própria da arte, caindo no campo do mal-entendido, resultado inevitável da mais-valia de sentido, a transcendência etc. A prosa que tenho praticado, a de *écrivant*, é mediadora do subentendido e do mal-entendido, e essa negociação é sua razão de ser. O pólo do particular está ocupado pela Argentina.

Terceira pergunta: como é possível dar eu tanta importância, tanto poder taumatúrgico a minha obra, a meus livros, aos quais não me faltam motivos para ver como uma coleção imperfeita, incompleta, casual, que me representa mais ao modo de uma adivinhação freudiana que ao modo de um documento? Tem-se, evidentemente, de redefinir «documento». Para explicar essa redefinição, devo fazer um pequeno rodeio.

Recentemente, pus-me a pensar, não sem um certo desalento, aliás, na impossibilidade de contar tudo. Acontecem muitas coisas, e todas elas têm muitas relações com outras coisas, outros fatos, para, enfim, poder contar tudo. De fato, agora que escrevo isso, advirto que «contar», além de «narrar», quer dizer «enumerar», e ainda nesse sentido, simplificados no quantitativo, os fatos são inabarcáveis. Na realidade, o que mais me desanima é a proliferação; dentro de um fato há outros, é muito difícil chegar aos fatos primários ou atômicos. E o que é pior: à medida que se desce rumo ao primário, se torna mais difícil contar. Uma revolução pode ser contada numa frase, um adultério leva três ou quatro, e a manobra de espetar uma ervilha com o garfo requer uma página inteira, uma página de prosa bastante precisa e trabalhosa.

A velha solução tradicional para esse problema é uma mudança de perspectiva, ou seja, uma mudança de pergunta: passa-se de «como contar» a «por que contar», e uma vez que esta última é respondida, de um modo ou outro o campo dos fatos por contar fica automaticamente restringido, sendo possível então pôr mãos à obra.

Pois bem, por que contar? Ou, melhor dizendo, por que escrever? No discurso oral, as causas não se apresentam como um problema porque estão dadas no intercâmbio, no diálogo. Não se fala sozinho, salvo em se tratando de um louco. A forma prudente de falar sozinho é escrever, e aí sim se tem de buscar, supor ou inventar motivos.

Não é fácil, e acredito na realidade não ser possível responder por antecipação. Responde-se em retrospectiva: por que escrevi. (Daí ser tão difícil continuar escrevendo; os motivos funcionam para trás, não para frente.) E contar por que se escreveu cai nas generalidades da lei: cria uma proliferação de sobredeterminações, encontra fatos dentro de fatos, não acaba nunca.

Todas as respostas se equivalem conquanto permaneçam como ficções benéficas que limitem o campo da inumerável quantidade de fatos conexos que constituem a realidade, e até mesmo a experiência da realidade.

Praticamente nunca se pergunta por que ler, talvez porque os benefícios da leitura já se dêem por indiscutíveis; em contrapartida, sempre se pergunta o que ler. Com a escritura se dá o contrário: a pergunta por que escrever retorna sempre, enquanto praticamente ninguém se pergunta o que escrever. Esta última questão é vista com desconfiança, quase como um sintoma de neurose, um desdobramento da síndrome da página em branco. Supõe-se que, uma vez tomada a decisão de escrever, o material para cumprir a tarefa se apresentará por si mesmo.

Eu não me pergunto por que leio; não encontraria resposta; mas me pergunto por que leio o que leio. Por que leio os chamados «clássicos», por que me atrai a literatura do passado, ou melhor, por que não leio meus contemporâneos. E aí sim tenho respostas. Não sei se é a melhor, ou a mais verdadeira, mas a resposta que mais me satisfaz é esta: leio os livros do passado porque neles encontro o sabor e o aroma de mundos que desapareceram. Mundos humanos, nações, mundos subentendidos que passaram e que só podem reviver no fraguar da leitura. A mim consta que quase todos os leitores de clássicos buscam nestes o contrário, ou seja, as questões eternas do homem e do mundo, o permanente, aquilo que se sedimenta das contingências históricas. Isso não me interessa, e de fato acredito estarem equivocados. Esse resíduo de eternidade a-histórica, caso exista, poderia ser melhor encontrado na literatura contemporânea.

O escritor, se conseguiu encontrar a felicidade escrevendo, ao morrer leva o mundo consigo. Não pôde encontrar a felicidade senão na rede microscópica de particularidades históricas que constituíam sua nacionalidade; mas ao escrever, dando um passo além, no ponto onde a nacionalidade se desfaz, porque para contar é preciso ter sobrevivido (o escritor é póstumo por natureza), retira um pé do subentendido, colocando-o no malentendido. A negociação escorregadia entre ambos os campos não pode ser feita senão com a prosa mais simples e clara, mais informativa e prosaica. A isso chamo «documentação».

Posfácio
A ÉTICA DO ABANDONO[1]

Eduard Marquardt

Este Pequeno Manual inicia por um texto que poderia não ser de César Aira.

Já faz algum tempo, quando traduzia um livro de uma crítica argentina, um dos seus ensaios estava dedicado a esse escritor, também argentino, nascido em Coronel Pringles, 1949.[2] Sua produção era de fato notável, no final século XX contavam-se nada menos que quarenta livros (hoje são mais de cinqüenta), além de uma quantidade impressionante de ensaios, resenhas, traduções etc. Tratava-se, era o que já se podia entrever naquele texto, de um escritor ímpar, cujo efeito de sua ficção se instalava, tal como para Josefina, a cantora, de Kafka, na forma de um solene desconcerto.

Na mesma época, lancei a palavra *aira* num desses dispositivos eletrônicos de busca e uma lista de cem ou mais lugares («mil», diria César) foi o resultado. Resenhas, resenhas, resenhas, entrevistas, livrarias virtuais, trabalhos acadêmicos, notas da imprensa brasileira sobre a passagem do escritor pelo país, sites a ele dedicados. Em meio a isso tudo, um texto, «El a-ban-do-no», dentro de uma mensagem de correio eletrônico, cujo cabeçalho dizia «[Literatura] Texto de César Aira», logo abaixo o nome e endereço virtual de seu remetente: E.G. mail to: gargurev@gloria.cord.edu, e a data firmada: Wed, 17 Jul 2002

---

1 Meus agradecimentos a Raúl Antelo, pela orientação, bem como a Rafael Paniagua e Daniel Guilhamet pela consultoria em vários momentos da tradução deste *Pequeno Manual*.
2 *Cf*. MONTALDO, Graciela — Um caso para o esquecimento: estéticas bizarras na Argentina (livros, indústrias culturais e ficções). *A propriedade da cultura. Ensaios sobre literatura e indústria cultural na América Latina*. Trad. Eduard Marquardt. Chapecó, SC: Argos, 2004, p. 79-96.

04:31:02 GMT. Devo dizer, desde já, que sobre o destino da mensagem e sua suposta função nada era possível precisar. Em todo caso, antecedia o texto anunciado uma nota pessoal, que dizia o seguinte:

> Colisteros,
> Aquí les va este texto de quien —en mi humildísima opinión— es por hoy uno de los mejores escritores latinoamericanos.
> Ya me contarán qué les parece y si comparten mi entusiasmo con respecto a Aira.
> Desde Fargo (Dakota del Norte), se despide.
> E.G.

Parecia tratar-se de uma comunidade virtual de discussão, como tantas outras que proliferam na rede. Creio que o valor acoplado ao nome Aira («um dos melhores escritores latino-americanos») não venha muito ao caso, mas o vocativo da mensagem sim, que surge já contaminado pelo texto que motivava a iniciativa: *colistero* é uma forma não dicionarizada, indireta, figurada, de «perdedor», de desistente; daquele que, numa corrida, logra o último lugar. Não porque ainda estivesse preocupado com o trajeto, mas porque nada lhe restava, a competição certamente já teria acabado, a não ser fugir para frente, seguir andando já em outro ritmo, fugir para sempre.

As comunidades virtuais, geralmente, dão-se em função do debate, da troca, seja qual for o assunto. As mensagens vinculadas, postadas a um número grande de destinatários, possuem vida curta, minutos, dias, talvez uma semana, não há como precisar. Dependem da repercussão; o assunto se desdobra até que outro venha à pauta e nada reste do anterior — sem, portanto, que a origem possa ser constatada (o que, sem dúvida, se constitui como um elemento fundamental do jogo: esquecer para que o novo tenha lugar; para que possa ser recordado, talvez, mas já sem a mesma forma, ou de uma forma outra, já monstruosa). Nesta mensagem, no entanto, não constava resposta alguma. Entre seu lançamento na rede e este encontro fortuito passou-se mais de dois anos, o que me faz supor ter ficado esquecida em algum servidor, assim como se esquecem documentos em tantos computadores, como largamos notas de supermercado em meio aos livros, enfim, como perdemos textos em meio ao próprio arquivo.

Mais tarde, passei a procurar pela fonte do ensaio que a mensagem lançava. Comentei com alguns conhecidos, ninguém reconhecia o texto. Parti para o lógico: perguntar a quem havia redigido a mensagem. Nada aconteceu. Nem resposta, nem devolução do e-mail enviado (que seria a reação normal de quando se envia uma mensagem a um endereço inexistente). Passei a supor que o destinatário não se interessou por minha necessidade, talvez já não se interessasse pelo assunto, talvez estivesse decepcionado com o descaso de seus parceiros de discussão, abandonando as leituras; talvez, por fim, fora atropelado sem que houvesse tempo para cancelar o endereço eletrônico. Solicitei ajuda, então, a uma colega especialista (preservarei os nomes) no escritor; expus-lhe a situação e pedi pela referência. De imediato não sabia me dizer, mas prometeu-me cotejar com outro ensaio que possuía. Mais tarde viria a resposta: não se tratava do mesmo texto. Indicou-me outra especialista, que havia tratado da organização da obra do autor. Havia eu conseguido seu estudo poucos dias antes e minha leitura ainda não passava da introdução; na bibliografia, no entanto, tampouco constava menção ao ensaio. Outra mensagem, mais uma vez a situação exposta.

A resposta veio. Dizia conhecer o texto e, mais que isso, que o havia citado em seu trabalho (afirmação esta que me deixava suficientemente envergonhado por minha leitura incompleta), mas percebia, com certo espanto, tratar-se do único texto ao qual, por algum lapso, não fazia referência formal na bibliografia. Muito bem; no entanto, também não encontrava a cópia do ensaio em parte alguma de sua biblioteca. Mas citou-me de memória: «El a-ban-do-no» fora publicado no jornal do Centro Cultural Ricardo Rojas, da Universidade de Buenos Aires. Tratava-se de um texto escrito em função de um curso proferido por César Aira naquela instituição. Quanto ao ano, 1992, 1993, talvez 1996.

Tempos depois procurei novamente na rede pela mensagem que detonara a busca. Lancei as palavras-chave. Nada. Refinei a pesquisa. Nada. Procurei pelo endereço primeiro, onde tudo tinha começado.[1] Nada também. Suponho que minha interferência a uma área restrita, porém aberta, tenha sido detectada, tenha acusado uma falha, tenha mostrado uma porta secundária do servidor, uma zona morta. Agora já trancada, porque é preciso abrir espaço, esvaziar as gavetas, esquecer.

Sem dúvida, era melhor desistir. Abandonar, fugir para frente. A procura pela fonte de algum modo equivale à procura da origem, seguir para frente às cegas, olhando para trás. A procura pela fonte, de algum modo, tenta varrer a poeira[2] depositada no texto, no arquivo; de algum modo tenta purificar a imagem, quando, enfim, a poeira é parte dessa mesma imagem — que, aliás, já não é a mesma, mas tão-somente um momento de sua aparência, em potencial. Porque a imagem convoca uma série, produz uma genealogia.

O drama dessa procura, vale dizer, não era novo, pelo contrário; lembrava em muito outra anedota de Kafka, contada por César Aira, aliás, que o desenha na forma de uma menina que perdera sua boneca. Sentada aos prantos num dos bancos do parque Steglitz, por onde Kafka costumava passear, a menina chamara a atenção do escritor, que se aproxima e pergunta pelo motivo do choro. Depois de ouvir o relato da menina, Kafka se dispõe a contar uma história, uma história, por sua vez, também muito parecida com outra, a das gotas de tinta do quadro da Gioconda:[3] a boneca não tinha se perdido, apenas decidira sair e conhecer o mundo. Dizia ainda que a boneca enviara recentemente uma carta à menina, expondo seus motivos, e prometeu-lhe trazê-la na manhã seguinte. À razão de uma carta por dia, durante três semanas, a boneca narrava seus feitos, que se desdobravam em viagens, noivado, casamento, filhos. Não se tratava de per-

---

1 http://www.listas.rcp.net.pe/pipermail/literatura/week-f-mon-20020715/002159.html. Acesso: 12 set. 2004.
2 *Cf.* BATAILLE, Georges — Poussière. *Oeuvres Complètes* I, 1922-1940. Paris: Gallimard, p. 197.
3 *Cf.* AIRA, César — Mil gotas. Trad. Eduard Marquardt. *In* RESENDE, Beatriz (org.) — *A literatura latino-americana do século XXI*. Rio de Janeiro: Aeroplano, 2005, p. 17-34.

da, portanto, mas de um elemento novo na série que constituía a imagem boneca. Um elemento duro, difícil, porque exigia o abandono da presença do objeto, das certezas, dos pertences, do saber, por fim, que a presença atestava e dava fé.

Bem, três anos mais tarde, agora, para ser mais preciso, o abandono ainda persiste como um dispositivo genérico, e se há alguma lição imediata, talvez seja a de que este, dentre tantos, é apenas mais um livro de César Aira. Não se trata de reunião cronológica ou edição de um período específico de sua escritura. São textos advindos de pesquisas eletrônicas, de consultas a bibliotecas particulares, alguns deles cedidos gentilmente pelo próprio escritor, proferidos em conferências e permanecendo inéditos até o momento. Não se tem aqui um conjunto do tipo «ensaios» ou «ficções», não são textos puramente inventivos nem acadêmicos, embora visitem esses lugares a todo momento, deixando-os vagos. Se o que vale do procedimento é aquilo pelo qual um pensamento se dá, tem-se aqui uma escritura ambivalente (uma arte, uma literatura, caso assim se queira), que já não poderemos entender nem somente como ficção (se por esse termo entendermos a aparência de uma verdade), nem apenas como teoria (caso por isso se desenhe um agenciamento extrínseco aos objetos, que existiriam em anterioridade aos postulados esboçados). Trata-se de uma escritura ficcional no sentido reto do termo: uma construção imaginária, que expõe o real em sua condição de contínuo, ou seja, o real nunca é, está sempre além. Ele não se mostra; uma ficção o demonstra. Nada pode regrá-lo de antemão e definir seu limite. Nada pode testemunhar que o real é real, a não ser o sistema de ficção no qual representa o papel de real.[1] Tem-se aí um realismo ainda capaz, uma ruptura imanente, processo fiel de uma verdade a cada vez inteiramente inventado.

Longe do todo, portanto, já que fragmentário e parcial, este Pequeno Manual desvela procedimentos não só da escritura de César Aira, mas de um dispositivo ético, singular e imanente.

Como procedimento-base, o abandono prima pela re-

---

[1] BADIOU, Alain — Pasión de lo real y montaje del semblante. *El siglo*. Trad. Horacio Pons. Buenos Aires: Manatial, 2005, p. 74.

núncia como possibilidade do novo. «Abandonar é permitir que o mesmo se torne outro, que o novo comece», diz Aira. E pensar a literatura pela idéia de abandono implica, então, no abandono das noções primeiras de abandono e de literatura. Porque o abandono assim já não seria mera negação, simples recusa ou desistência, mas um procedimento ético que retira a literatura de sua condição substancial, positiva, apegada a preceitos tais como valor e qualidade, que outorgariam a este ou àquele discurso a condição de representar ou não entidades dadas de antemão como certas e potencialmente substanciais (a nação, para nos servirmos de um exemplo bastante recorrente, ou mesmo o indivíduo). Trata-se de um procedimento porque, contrário à técnica, o abandono nega ao sujeito a posse ou garantia do sentido, nega à literatura a constituição de um corpo orgânico e estruturado, visível e reconhecível por toda parte. Pelo abandono, a literatura já não é um conjunto fechado de discursos cujo encerramento produziria uma identidade positiva. Pelo contrário, o abandono implica num *mais* que redefine a cada momento o *é*. Não é pela retenção que um saber se revela; a acumulação não faz mais que armar um museu. É pelo abandono de um saber por um saber que este pode mostrar aquilo que até então lhe fora impossível revelar. É, portanto, conceder-lhe *possibilidade*, possibilidade de continuar o jogo próprio do mundo, de mal-entendido em mal-entendido.

Do abandono, portanto, o gesto-primeiro, brotam todos os demais mecanismos da escritura: o *contínuo*, a *tradução* e a *singularidade*. Pelo abandono, o contínuo emerge como o segundo gesto do escritor: encaixar o discurso na ordem infinita da linguagem, buscar o significado não no que passou, mas no que vem adiante. Pela série de abandonos, a singularidade aparece como verdade, i.e., como o resultado provisório, o elemento impuro que opera contra a grande-obra. (Daí que ao retomar problemas anteriores, cada relato possa redesenhar a seu modo a série na qual ele mesmo se vincula, o todo hipotético ganhando nova forma a cada agenciamento crítico. Daí que as *novelinhas* de Aira se espalhem sempre datadas ao final, como páginas de um diário que remete ao dia seguinte a resposta não encontrada na página já escrita.) Mas a singularidade não se origina do nada; ela advém da recombinação do já-existente, do reposicionamento das imagens dadas pelo real mas que, ao se revelar, produz mais real, caracterizando um processo de tradução. Esta, por fim, já não se trata do processo técnico que conceberia a mimese como passagem do objeto de uma linguagem para outra, preservando o sentido (a garantia de manutenção da soberania estatal, a liberdade sob a lei), mas do dispositivo que, apropriando-se do já existente, modifica-o pela simples enunciação, propulsando o novo. Assim, próprio do abandono é o contínuo; próprio do contínuo é a tradução; próprio da tradução é a singularidade; próprio da singularidade é a literatura; próprio da literatura é o Real.

Alain Badiou viu no abandono a traição de uma fidelidade ao vazio para a adoção da substância de uma verdade com potência total: a *continuidade*.[1] Nossa perspectiva, tributária do posicionamento de Aira, é outra: pelo abandono das certezas da situação, do já-sabido, do existente e institucionalizado é que o animal humano enlaça a condição de sujeito: aquele de quem se exige, uma vez atravessado por um acontecimento, a fidelidade ao vazio. O abandono, portanto, não vislumbra o nada, como pareceria à primeira vista; o abandono não se coloca como negatividade. Trata-se, antes, de uma *desistência* que não desiste de si.[2]

Também não se trata de uma estética, se por este termo a arte se configura como ilustração da filosofia. Como procedimento, o abandono se desdobra num dispositivo ético e, ao mesmo tempo, inestético. Ético, se entendermos, contrariamente à ética geral (cujo princípio religioso e universalizante apenas coíbe o pensamento), ou à ética supersticiosa (uma *etiqueta*, segundo Borges, que põe de lado a eficácia de um mecanismo,

---

[1] *Cf.* BADIOU, Alain — A traição. *Ética. Um ensaio sobre a consciência do Mal.* Trad. Antônio Trânsito; Ari Roitman. Rio de Janeiro: Relume-Dumará, 1995, p. 87-9.
[2] *Cf.* MAJOR, René — A golpes de dado(s). *Lacan con Derrida: análisis desistencial.* Trad. Beatriz Rajlin. Buenos Aires: Letra Viva, 1999, p. 133-44; e HOME, Stewart — *Greve da arte.* Trad. Monty Cantsin. São Paulo: Conrad Editora, 2004, p. 25.

o discurso, para nas habilidades aparentes do escritor, suas *tecniquerias*, estabelecer um modelo de perfeição da arte)[1], que o trabalho do escritor, e de todo aquele que se queira sujeito, seja justamente o infinito, a desestabilização dos saberes instituídos. Inestético porque, longe do confinamento pedagógico, a arte já não é instrumento elucidatório ou ilustrativo, mas um pensamento próprio, um pensamento singular que só propulsa singularidades, às quais podemos nos afiançar porém não sem novamente abandoná-las, produzindo singularidades outras, todas máquinas celibatárias.

Mas o abandono não é para sempre. Não pode ser para sempre.

Em entrevista ao programa *Off The Record*, já extinto, exibido pela TV chilena Arcoiris, provavelmente em 2002, César Aira confessava que a certa altura assumira em sua vida uma postura rimbaudiana para com a literatura: abandoná-la, não escrever mais. Talvez o *Diário da hepatite* seja o principal documento dessa decisão. Mas dizia também que jamais poderia abandoná-la, porque é preciso continuar, simplesmente. Parar é dar ao já-feito uma importância que ele não possui. Mesmo o abandono deve ser abandonado.

Porque o abandono chama uma nova escritura. Para frente.

Abril de 2007.

---

1 *Cf.* BORGES, Jorge Luis — A ética supersticiosa do leitor. *Discussão*. 3ª ed. Trad. Claudio Fornari. Rio de Janeiro: Bertrand Brasil, 1994, p. 15-9.

ORIGEM DOS TEXTOS

«El a-ban-do-no» *Hojas del Rojas* n. 1: *El fin del arte*. Buenos Aires: Centro Cultural Ricardo Rojas, nov. 2000.

«La nueva escritura» *La Jornada Semanal,* 12 abr. 1998; *Boletín del Grupo de Estudios de Teoria Literaria* n. 8. Rosario, out. 2000.

«La poesía del soporte» *Ramona — Revista de Artes Visuales* s.n. Buenos Aires: Fundación Start, 2003.

«Qué hacer con la literatura» Encuentro Internacional de Escritores ¿*Qué Hacer con la Literatura?* Universidad de Lima, Peru, 26-28 out. 2002.

«La prosopopeya» *Zunino & Zungri*. Rosario: Beatriz Viterbo Editora, 30 dez. 2003. Datado 1994.

«El carrito» *Canecalón — La Revista de Comunicación de Peluca Films,* n. 1, 2005. Datado 17 mar. 2004.

«Encuesta: La traducción poética» *Xul — Revista de Poesia* n. 4. Buenos Aires: Gráfica Pinter, ago. 1982.

«Lo incomprensible» *El Malpensante* n. 24, 1 ago.-15 set. 2000.

«Estética de lo monstruoso» *Linkillo* (cosas mías) 22 abr. 2005. (Fragmento de «Arlt», *Paradoxa* 7. Rosario: Beatriz Viterbo Editora, 1993.)

«La utilidad del arte» *Ramona — Revista de Artes Visuales* n. 15. Buenos Aires, ago. 2001.

«El ensayo y su tema» *Boletín del Grupo de Estudios de Teoría Literaria* n. 9. Rosario, dez. 2001.

«La ciudad y el campo» Conferência, Colegio de México, 1998.

«Exotismo» *Boletín del Grupo de Estudios de Teoria Literaria* n. 3. Rosario, set. 1993.

«Anatomía del *best-seller*» *Creación* n. 3. S.l.: ago.-set. 1986.

«*Best-seller* y literatura, vigencia de un debate» *La NaciónLine*. Buenos Aires, 29 dez. 2003.

«Nuestras improbalidades» *Milenio* n. 188. México, 23 abr. 2001.

«Cecil Taylor» *Fin de Siglo* n. 14, ago. 1988. Datado 9 ago. 1981.

«El ingenuo» Conferência, Colóquio Manuel Puig. General Villegas, 2000.

«La cifra» Conferência. *Homenage a Jorge Luis Borges*. Alianza Francesa Buenos Aires, out. 1999.

«La intimidad» Conferência. IV Congreso Internacional *Razones de la Crítica*. Rosario: Centro de Estudios de Teoría y Crítica Literaria, ago. 2004.

«Kafka, Duchamp» *Tigre* n. 10: *La fable (I)*. S.l.: Centre d'Études et de Recherches Hispaniques de l'Université Stendhal (CERHIUS), 1999.

«La muñeca viajera» *Babelia*, suplemento de *El País*, 8 maio 2004.

«La hora azul» *Babelia*, suplemento de *El País*, 8 fev. 2003.

«Braulio Arenas: por una literatura modular» *Milenio* n. 178. México, 12 fev. 2001.

«Los cuadros de Prior» *Vox Virtual* n. 5. Bahía Blanca, nov. 2001.

«El test. Una defensa de Emeterio Cerro» *Babel — Revista de Libros* n. 18. Buenos Aires, ago. 1990.

«Un barroco de nuestro tiempo» *Babel — Revista de Libros* n. 15. Buenos Aires, mar. 1990.

«Dos notas sobre *Moby Dick*» *Babelia*, suplemento de El País, 12 maio 2001.

«La ola que lee» *Plebella — Poesia Actual* n. 1. Buenos Aires, abr. 2004.

«Por qué escribí» Conferência. Rosario, 2003. *Nueve Perros* n. 2-3, dez. 2002-jan. 2003.

Este livro contou com o apoio do CODESUL (Conselho de Desenvolvimento e Integração SUL) e Instituto Esfero.